昭和の犬

Perspective kid

姫野カオルコ

幻冬舎

昭和の犬

もくじ

ララミー牧場

香良《こうら》市《し》は、紫口《むらくち》市《し》から馬車で五十四分のところにある。明治に計った時間ではない。昭和に計った。

滋賀県下では大きな城下町である紫口市はもちろん、香良市も道のアスファルト舗装が進みつつあった。信号もあったし、自動車も走っていたし、ＴＶ《テレヴィジョン》も電気炊飯器も普及し、コカ・コーラも売られていた。

それでもまだ馬をひいて道ゆく人が、たまにいた。馬は信号待ちをしているとよく脱糞するので、それを子供ら――なぜか男の子供と決まっていたが――は、奇声をあげて喜んだものだ。そのころのはなしである。

そのころは今から見ると遠くにあり、小さい。だが、そのころまで近づくと大きい。大きくてすべてを摑めない。とくに幼稚園児や小学生にはとても。だが、今いるところまで瞬時に視点を引けば瞬時に小さくなり、摑める。ならばパースペクティヴに話そうと思う。犬、ときに猫のいる風景を。

パースペクティヴ　perspective　遠近法、遠近画、遠景

＊＊＊

五歳の子供が、身の回りの荷物とともに小さな馬車に乗せてもらい、紫口市から香良市に向かっていた。

この子供は嬰児《えいじ》のころより、いろいろな人に預けられていた。昨日までの預かり手は紫口に住む宣教師で、彼の住まいに一年ほどいた。親の信仰によるものではない。このころ日本には公立の託児所はわずかしかなく、ウィリアム・メレル・ヴォーリズの活動拠点であった滋賀では、しばしばキリスト教教会がそれを開いていたためである。

数日前に実父がやってきて、よい物件が見つかったと、子供に日本語で言い、宣教師には英語で、先にわれわれのほうで引っ越しの作業は終えておくから、この子供だけをいつにいつによこしてくれと頼んだ。それで彼女は馬車に乗っているのである。名は柏木イクという。

メソジスト派の倫理が、何度も塗りなおした板壁や縁をていねいに縢《かが》ったカーテンなど、そこかしこに佇《たたず》んでいる宣教師館に、イクを預かってくれていたのは、トマス・モンゴメリという宣教師であった。そこそこに日本語はできたが愛想のよい男ではない。子供といっしょにきゃっきゃと遊ぶようなことはついぞない。だが冷淡なわけでもなく、イクをリ

ウィリアム・メレル・ヴォーリズ　1880～1964　アメリカ人の建築家・メンソレータム製造販売者・プロテスタント伝道者

ルチキと呼んだ。朝に「グモン　リルチキ」、夜に「グナイ　リルチキ」。とても静かにそう呼んだ。

「かしわのごちそうのことを、英語ではチキンと言うんやで」

ある婦人伝道員がイクにおしえた。この人は、過日には「豚肉のごちそうのことは英語でポークと言う」とおしえていた。

「リル」が小さいを意味すると、モンゴメリと同じ屋根の下で寝食している子供はすぐに学ぶ。だからイクは、モンゴメリが自分を小さいかしわと呼ぶのは、名字の柏木からだと思っていた。メーン州から海を渡りイエス様の教えを伝えに来た宣教師の、預かり子を雛《ひよこ》と呼びかける親愛の情は、日本人の幼児には、わかるものではない。

トマス・モンゴメリは、西洋人の多くが話すときにそうするように、預かり子の目をじーーっと見て話した。じーーっと見て「そういうことをしてはいけません」とか「イエスさまが見ていてくださいます」などと話す。

「And as you enter the home, give your greetings,（人の家に入らば平安を祈れ）」

英語で話すこともあった。幼児の環境適応力は成人にはるかに勝る。モンゴメリの唇がまるまったり、歯と歯のあいだに舌先がちょっとはさまれたり、頬が横にイーと引っ張られたりするさまをイクもじーっと見る。マタイによる福音書から話しているのだとはわからずとも、彼が自分のために、よいおまじないをしてくれているのだと、幼児は感じ得る。

「神のごかごがありますように」

紫口を出るときモンゴメリは言った。それは、イクがもういくたびか彼から聞いたひとことである。「ごかご」はイクの頭に「籠」を浮かばせる。困ったときには神様が籠に要るものを入れて空から送ってくださるようにというおまじないだと感じる。

馬車は行く。

平べったい爪をつけたイクの指が十本、縁《へり》を摑んでいる。

直径の小さな輪が四つついた馬車だ。幌《ほろ》はない。底板のすきまから道が見えた。荷車といったほうがよい。輪はタイヤで、乗り心地はそう悪くない。

かぽかぽと馬の蹄《ひづめ》が舗装路を蹴る音がする。うららかな春の日であった。

「眠《ね》むうなりそな、ええ天気やなあ」

馬を御するおじさんが、前を見たままイクに言った。

話しかけられると予想していなかったイクの脈拍が速まる。「そうやね」か「うん」か「ほんまや」か、なにか同意を示す語を発しないとならない。焦《あせ》って考えているうち、機を逸した。

頭の上でぴいぴいと雲雀《ひばり》が啼《な》く。

おじさんは口笛を吹き始めた。知っている歌だ。TVの外国のはなしの歌。宣教師館に来る男性伝道員の家で、モンゴメリといっしょにたまに見せてもらった。

（ラルミー、ラルミー）

モンゴメリが歌うのをそっくりそのまま真似ておぼえていたイクは、口笛のふしの歌を、おぼえているとおりに小声でうたった。

（ラルーミー）

喉に手を当てると自分の声が指のはらに響くのがおもしろい。帽子のゴムを引っ張り、うたっては喉の響きを伝導させる。

「帽子が風で飛ばされへんようにゴムをきつうしとこね」と宣教師館を出る支度を手伝ってくれた婦人伝道員が、ゴムを輪結びにして長さを縮めた帽子は特大サイズである。イクは頭の大きな子供であった。毛髪の量が多い。「ふつうの子の倍はあるで」と髪を切ってもらうたびに言われる。そのうえ剛《こわ》く、しかも毛流が天に向いている。

（ラルーミー）

うたっていると、畑にまかれた肥の匂いがただよってきた。

（くさい）

鼻をつまむ。それをちらと見たおじさんが言った。

「田舎の香水や。ここらあたりから、もう香良《こうら》やわ。半時かかってしもた」

おじさんは腕時計を見る。

「細かいことというたら五十四分かかったわ」

(ごじゅうよんぷん)
イクは復唱した。
五歳の子には五十四分という時間が、長いのか短いのか、よくわからない。
ごじゅうよんぷん。ひとかたまりの音としてイクは記憶した。紫口市から香良市まで
は馬車で五十四分。
香良だとおじさんが言う風景を、イクは見る。宣教師館は紫口《むらくち》市内の中心部にあった。
あのあたりと比べると、田んぼが目立つ。だが、ごじゅうよんぷんたつ前でも、すでにあ
たりは田んぼばかりになっていた。ぱかぽこと馬車は進む。
線路にぶつかり、曲がる。線路に沿って進む。建物が見えた。公園も見えた。
だが公園を過ぎるとなにもなくなった。にわか雨が降る前の空のように、一気に雰囲気
が変わった。さびしい風景だ。さっきまでは田んぼが多いとはいえ、田んぼには田んぼの
仕事をしている人のすがたが見えたし、家が集まっているところも、あちこちに見えた。
線路に沿った道には家は一軒もなく、歩いている人さえいない。
「こんなとこ、住めるようなとこがあったかなあ」
おじさんは地図をひろげ、地図で洟《はな》をかみそうなくらい顔を近づけ、近づけるとまた、
伸びをするように顔を地図から離す。
「おっちゃんな、いろんな家の引っ越しをよう手伝《てつ》どうてんのや。そやさかい香良のこと

も、わりとよう知ってるつもりやったんやけどなあ」

鉄塔が見えた。そこで馬車をいったんとめて、おじさんは地図を見直す。

「そうか、ここが変電所や」

へんでんしょが何をする所かはイクにはわからない。おじさんが言うから、そこはへんでんしょなのだと鵜呑《うの》みにした。

へんでんしょなる建物の壁は灰色ペンキで塗られてあり、上下に開閉する細長い窓がある。柵で囲まれたところに鉄の機械があって、電線が何本も何本も出て、白い瀬戸物で止めてある。

この建物の前から山に向かう坂道がのびている。馬車は坂道をのぼりはじめた。ますますあたりは鬱蒼《うつそう》としてくる。

「もうちょっとで着くわ」

坂道をのぼる馬の尻肉が左に右に大きく上下する。しばらくすると小さな上下に。そして水平になった。着いた。

山の中をそこだけ平らにしたような所だ。茫々《ぼうぼう》と笹が生え、沼があり、沼のわきに、赤土が剝き出しになったところがある。赤土には轍《わだち》のあとや、足跡がついていた。

「ここや。降りい〈降りなよ〉」

おじさんに言われ、イクは馬車から降りた。馬は強く鼻息を吐き、糞をした。

「あれが、嬢ちゃんがこれから住む家やで」

おじさんが指さす。そこには紫口市にいたときも、紫口から香良まで来る途中にも見なかった、妙な建物がある。

「ララミー牧場に出てくるカウボーイの家みたいやな」

おじさんが言った。

(ほんまや)

イクも同意し、おじさんに言ったつもりなのだが、彼の耳にその声はまったく聞こえなかった。

「ほな、おっちゃんは馬を繋《つな》がなあかんさかい、嬢ちゃんがちょっと先に行って、着いたて言うてきて。お父さん、もう中にいはるさかい」

(はい)

言ったが、やはりその声はおじさんには聞こえず、彼からすると、子供はだまってワイオミングの牧場を小走りしてカウボーイ小屋に向かって行ったように見えた。

イクは入り口の戸の前に立つ。

木目の粗い杉板の戸。細い金属の把手《とって》がついている。平べったい爪のついた短い指をそこにかけたとたん、右手から犬が顔を出した。身を伏せるようにして、ぶうう、ぶううと、睨《ね》めつけるように唸《うな》る。

イクはびっくりして「気をつけ」の姿勢になった。これがよかったらしい。大きく動かなかったから、犬は跳びかからなかった。

（開けて）

戸を開けてくれと、イクは杉戸を見つめた。これもよかったらしい。自分のほうを見ない子供に犬は跳びかからなかった。

杉戸に顔を向けたまま、イクはじりじりと数メートル後退《あとずさ》りしてゆき、それから身体《からだ》の向きを変えて馬車まで走ってもどった。これもよかったらしい。すぐに背を見せて走ると、犬は原始の狩猟本能で追いかけてくる。

「怖い犬がいよった」

嬰児のころより何軒もの「よその人の家」に預けられていたため、そばにいるのがつねに「まだ慣れていない人」であったイクは、そばにいる人に喜怒哀楽を表す習慣が身についていない。だが、このときは犬にびっくりして、ためらわずにおじさんのシャツの裾を引っ張って言った。

「犬？　ぺーか？　ぺーは怖いことないがな。おとなし、かいらし犬や」

おじさんは別の日に父母の荷物を運び入れる手伝いをしたから知っていると言う。

「白っぽい犬やろ？」

（黒かったような気がしたけど……）

自信がない。犬のほうをよく見なかった。

「よし、ほな、わしが行っちゃろ」

おじさんはララミーハウスの入り口に向かって馬車を引いていった。犬を恐れたイクは、うしろから、離れてついていった。おじさんが杉戸の把手に手をかけると、さらに二、三歩、うしろにさがった。

うしろに離れていたので、今度は落ち着いて見られた。ララミーハウスの戸は正面のはしっこに一カ所。戸と直角をなす面に庇《ひさし》が張り出している。庇の下に薪が積み上げられている。その陰から犬は出てきた。

（あっ、やっぱり黒や）

黒毛の身を低くして、ぶううと唸る。おじさんがそいつを見ると、ガウガウッと吠えた。

（どうしょ、おじさんが咬《か》まれてしまわはる）

おろおろしたのもつかのま、犬はすぐに口を閉じた。

杉戸を開けて出てきた主人が、軽く払うように手を動かすと、犬はぴたっと吠えるのをやめた。主人の名は柏木鼎《かなえ》。イクの父である。

彼と黒犬が収まったモノクロームの写真を、子はずっと後年に――彼の死後に――見せてもらうことになる。馬車のおじさんの息子から。

鼎は膝しか写っておらず、黒いそいつのアップになってしまった一葉だった。信楽焼の狸《たぬき》のような顔だ。よく旅館や飲み屋の飾りになっているあの置物は、徳利を持ち、首をかしげたような愛嬌のあるかっこうだから、そのかっこうにつられて顔も愛嬌があると多くの人は思いこんでいるようだが、よく見れば四白眼で凄味がある。アクション映画に出てくる、やわらかい関西弁でやわらかく脅しながら相手の心臓にドスを刺し込む広域暴力団の、中位《ちゅうい》くらいの幹部のような顔。

「これはどうも、犬が失敬をして……」

父はおじさんに詫びた。

「びっくりしましたがな。いよるんは、てっきりぺーやと思《お》もてましたさかいな」

大人二人はお辞儀をしあい、しばらく何かしゃべっていた。犬が角から首だけを出して様子を窺っているのがイクからは見える。父が顎をクイと小さく動かすと、そいつは薪を積んだほうへ引っ込んだ。そしてララミーハウスの裏手に繋る笹の中をシュルシュルとすべるように逃げて行った。

「嬢ちゃん、もうどうもない。入り」

父ではなく、おじさんが手招きをしてくれた。おじさんとともにイクはララミーハウスの中に入った。

入ったところはセメントの三和土《たたき》で自転車が置かれている。自転車の奥に鉄のピストンポンプがあり、流しがある。流しの前に、申しわけていどの上がり框《がまち》があり、框の手前に鳥籠が吊るしてある。

「じゅうしまつ」

「めじろ」

父は籠を順に指さした。

「ここにはカナリーもいたんですが、猫にやられてしまいました」

何も釣り下がっていないフックもさした。

（猫？）

犬に吠えられたイクは、父が犬と猫を言いまちがえたのだと思う。きっとあの怖いやつがなにかよくないことをしたにちがいないと。

餌《えさ》をついばんでいるじゅうしまつとめじろを横目に見て、イクとおじさんは室内に入った。

「嬢ちゃん、かんにんやで。おっちゃんが間違《まちご》うてたわ。さっきの犬はペーやなかったな」

二週間ほど前に、この山中《やまなか》のララミーハウスに移ってくるまで柏木夫婦は別居していた。妻は実家から職場に通勤し、休みの日に夫の住まいを訪《おとな》っていた。そこは戦後、おざなりにGHQから県所有になった旧日本軍集会所の離れである。四畳半一間で、夫はペーを飼っていた。「よい物件」であるララミーハウスにペーも連れてきたのだが、引っ越してきて二日目、彼らが各々の勤めに出ているあいだにいなくなったそうだ。

「ほら犬捕《いぬと》りがどうかしよったんでっしゃろな。ペーは賢い犬やったさかい、主人やない者《もん》にはついてゆきよりまへんわ」

かつては犬を捕まえる仕事があった。香良あたりでは犬捕りと呼んだ。

「ペーがいんようになったんで、がっかりしてましたら、ちょっと前に、あの黒い犬が道にいよったもので飼《か》うことにしたんですわ」

「へえ、そやけど、あの犬は何歳くらいどすや。仔犬やおへんどすやろ。きっと仔犬のころからいじめられてきよったんやろ、人を嫌いよる。ようあんなやつを、短いあいだになつかさせはりましたな」

「さあ、なついとるんかどうか……。ただ飼《こ》うてるだけですわ」

『ラミー牧場』がTVで放映されていたころの日本の田舎町で「犬を飼っている」というのは、二〇××年のような飼い方ではない。鎖で繋いでおくわけでなし、予防注射をするわけでなし、朝と夕に残飯を与え、犬の名を自分の好きなものに定めて、気が向けばその名を呼ぶ。それだけで「飼っている」のである。だから、あたりの道を犬がよく歩いていたし、「飼っている」犬がよく犬捕りに捕まえられたりした。

「ペーがいんよになったとは、ほら残念どしたなあ。ペーは、ほんまにかわいい犬どしたさかい。あんなかわいい犬はわしもほかに見たことおへんわ」

引っ越しの作業中は邪魔をせず、作業が終わるとおじさんを労《ねぎら》うように、足下でおすわりをして、愛らしい瞳で見上げたという。そのようすを想像しながら、イクは大人二人がしゃべるのを聞いていた。

「そうですね、耳が半分だけ垂れててね。こっちの言うことをようききよりました」

ペーには予防注射もした、川で洗った、りぼんを首に巻いてやった、等々、イクが知らないペーとやらいう犬の愛らしさを、二人の大人はしきりに讃えた。

「せんせ、さっき吠えよったあの犬はなんちゅう名前にしはりましたんや?」

おじさんが鼎を「先生《せんせ》」と呼ぶのは、彼が県庁のそばにある、ロシア語と中国語と英語を教える学校に勤めているからである。戦時下の女子縫製作業場を改装したそこは、後年には独立した専門学校となり、建物も立派になるが、このころは県庁の外郭機関扱いで、職業訓練所に近かった。

「トンです。はじめて見る人間には吠えよるんです」

「トン? はは あ、ペーの次はトンときましたか。長いこと大陸にいはったさかいなあ」

大人二人は大きな声で笑った。

(なにがおかしいんやろ。たいりく、て何やろ)

鼎が満州とロシアにいたことも、たいりくが大陸のことであることも、北(ペー)、東(トン)という中国語も、五歳児にはわかることではない。

だがイクは笑った。父がようやく笑ったのではっとしたのである。イクが彼の笑う顔を見るのは、こののち彼の葬式までの歳月において数回しかない。

敗戦から一、二年などというくらいではすまない。十年たって、大陸のナホトカから舞鶴に着く引き揚げ船はもうこれで終わりであろうと日本人のほとんどが思い、もはや息子の亡骸《なきがら》は祖国の土に埋められることはあるまいと、鼎の家族があきらめたころに、旧日本陸軍の武官だった彼は、極寒の地からもどってきたのである。

「シベリアでは、たいへんなことどしたやろなあ」

おじさんが言うと、父の口はぴたっと閉じられた。顔が上を向いた。と、何かがシャアと飛んできた。

「ヒャア」

おじさんが声をあげた。

飛行物体とおじさんの声の両方に、イクはびっくりした。

「ミャア」

飛んできた物体は、父の肩でのびをした。三毛猫であった。

「しい」

父の顎が下に向く。と、三毛猫はぽんと彼の膝におり、あらためてミャアと鳴き、仕掛けのようにふにゃふにゃと柔らかく小さくまるまった。

「これはシャアです」

「ぺーとトンとシャアどすか。ほな、次はナンどすな」

おじさんは、前歯をはっきりと唇から見せて笑った。

こうしてイクはララミーハウスに越してきたのだった。

＊＊＊

ララミーハウスには畳がなかった。押し入れもなかった。階段も。風呂も。蛇口も。「近所」もなかった。そして便所がなかった。

破竹の勢いで財をなしたさる実業家が、自社の私鉄沿線に遊園地を建設しようとして、事前調査のための仮設事務所を建てた。建設は決定したが、工事にとりかかるには時期尚早だ、ではその間、空き家になった事務所を安く貸す。それがララミーハウスだったのである。

事務所だから住む建物ではない。しかも仮設である。調査にあたった社員はみな男だったのだろう。人気《ひとけ》の多い町中の電信柱の陰ですら立小便をしている人がいる時代、山中の仮設事務所では笹原が便所だったにちがいない。ここには便所と定めた小部屋が、あるにはあるのだが、便器や便槽はなく、おまるが置いてあるだけで、夜にたまったら朝にはパリジェンヌのように、笹の茂みに捨てるのである。

笹の茂みには、いつも土にシャベルが突きさしてある。おまるを使わずに、シャベルで穴を掘り、そこに用を足して、また土をかける方法も用いられた。鼎はそうしていた。

「あんなことはとてもようできひん。あんなことができるのはシベリアにいはったからや」

柏木優子は言う。イクの母である。そんなことを言うときの優子の、頬の肉はだらりと弛《ゆる》む。弛んでいるのにぴくりとも動かない。野糞に対する嫌悪ではない。鼎がシベリアに抑留されていたことにでもない。鼎のすることなすこと言うことのすべてを、子につたえるとき、評するとき、優子の顔はそうなる。

「こんなとこはいややなあ」

どこを見るともなく、よく優子は言う。便所のない家がいやだということではない。子供の野性の計器が、モンゴメリの英語を解読するように、優子が鼎との結婚に絶望していることを、いつもイクははっきりと感じた。

優子は変電所まで行って、そこの便所を借りたりしていたが、そもそも鼎も優子もイクも、ラミーハウスにいる時間が短いために、ここに便所がなくとも、さして不便ではなかった。

鼎は朝早くの電車で紫口より遠い勤め先に行かねばならない。ときには勤め先に泊まることもある。優子も朝早くに自転車で紫口市はずれの勤め先に行かねばならない。勤め先に泊まることもある。よってイクも朝早くから紫口市立の幼稚園に行かねばならない。事情のある園児のために市立幼稚園は七時半から、裏門だけを開けてくれていた。

鼎も優子も職場で昼食と夕食をすませる。イクは幼稚園が終わると、幼稚園から歩いて行けるところにある、琴の先生をしている初老婦人の家で過ごし、そこで夕食を食べ、ときには泊まることもあり、泊まらないときは夕食を食べ終わったころに迎えに来る優子といっしょに、琴先生の家の隣の「ことぶき湯」に行き、自転車の荷台にまたがってララミーハウスへ帰る。鼎が迎えに来るときは、鼎は男湯に行き、イクは琴先生と女湯に行く。このころの日本人は毎日入浴や洗髪をする習慣がなかったので不便だとは感じなかった。

三人で暮らすようにはなったものの、ララミーハウスは、実質、三人それぞれが寝に帰るだけの、それも三人とも帰らぬ日もよくある、仮宿のようなところであった。

もとは事務所であったので、後の時代の呼び方をするならワンルームである。あるものはわずか。北《ペー》にテーブル。南《ナン》に観音開きの物入れ。東《トン》にベッド。西《シャア》にオルガンと本棚。

北《ペー》のテーブルは樫《かし》。すみにマツダのラジオが乗っている。音声が聞こえてくる部分に黄土色の、ちょっと光沢のある布が貼られた真空管ラジオ。電源を入れると明かりが灯る部分が、まぶたを半分閉じた目のかたちをしている。父の目に似ているとイクは思っている。

東《トン》のベッドは鉄。ナザレ慈愛病院からモンゴメリ経由で父が譲り受けた。スプリングはなく、格子状に、平べったいベルトのような鉄が通されており、そこに布団を敷く。鼎が寝返りをうつとキシキシと軋《きし》む音がする。

南《ナン》の壁に寄せた観音開きの物入れは松。丈は一メートルほど。この上に、馬車で運んできた布団を敷いてイクと、その足下でシャアが寝る。馬車のおじさんが、就寝中にイクが床に落ちぬよう簡単な柵を作ってくれていた。このアイデアベッドにのぼるのには、「階段」を使う。北《ペー》に置いた樫のテーブルで食事をするさいにすわるイクの椅子にも、おじさんは足乗せを付けてくれていた。それが階段のようだったので、イクは一人だけでその椅子を「階段」と呼んでいる。

優子は西《シャア》の小部屋の木のベッドで寝る。五歳の身長には小部屋に見えていたが、オルガンと本棚に仕切られていただけのスペースだった。

なぜかオルガンはあって、ほかにはろくなものがないララミーハウスに、もっともなかったのは会話だった。

鼎と優子とイクが「三人で話す」ということが、ララミーハウスにはない。この欠損はララミーハウスを出たあとも、死が三人を分かつまで変わることはなかった。

鼎は来客と話すかひとりごとのようなことをイクに言い、優子はだまっているかひとりごとのようなことをイクに言う。いつまでたっても「よその人の家」のようであった。

＊＊＊

九月の日曜。

「そいつは犬みたいな猫やな」

西の小部屋で、ひとりごとのように母は言った。

本棚の上で盆栽のようにこんもりとうずくまっていた三毛猫が、イクに名を呼ばれて棚から跳び下り、園児の前でちょこんとおすわりをしたのを見て。

「猫というのは呼ばれてハイとすぐ来《き》よるもんではないて××せんせは言うてはった」

××先生は、優子の同僚である。視覚聴覚および知的障害を持つ子のための寄宿舎制の養護学校が優子の勤務先であった。

「猫を飼《こ》うてると、家がえらい傷むそうや。そやからうちの家は飼《か》わへんかった」

優子は結婚するまで、卵を得るための鶏を含め、小鳥も金魚も、蛍さえも、生き物を飼ったことが一度もなかった。

「そやけどシャアは家では爪を研《と》ぎよらへんやろ」

ララミーハウスの家具や壁にはひとつもシャアの爪痕はない。家のまわりにいくらでもはえている木で爪は研げる。

「ひっかきよることもないもんなあ」

イクがシャアのピンク色の肉球をいじっているのをみて母は言った。

（猫がひっかくって、どんなんなんやろ）

シャアにひっかかれたことなどイクには一度もない。小さな子に肉球もいじられるままにするシャアは、希有なほど人なつこく、開放的な性質であった。生まれて最初に接した動物がシャアとトンであったため、「犬はわがまま。猫は忠実」という印象を、イクは長らく持っていた。

「猫ていうたら、お産かて人のいるところではしよらへんて××せんせ《先生》は言うてはった」

優子の休日は原則的に日曜であるが、休日をラランミーハウスで過ごすのは月に一度ほどにすぎない。たいていは寄宿舎の宿直室にいた。子をともなって宿直したりもした。それはあながち特殊教育に携わる謹厳さによるものではなく、鼎のそばにいる時間を少なくしようとしてのものだった。

「そやけどシャアは、わたしらの見てるとこで、産みよったんえ」

実家から通勤していた優子は、洗濯し終わった鼎の衣服をリュックサックに入れてきた。終戦直後に買い出しに行くのに使っていたリュックサックだった。鼎はそれにおなかの大きいシャアを入れ、引っ越しの作業中、ずっと背負ってララミーハウスに移った。

「あんたのお父さんは……」

あんたのお父さん。これが、子と話すときの優子の、夫の呼称であった。

「……あんたのお父さんはけったいなことしはる人やなあと思《お》もてたけど、このはなし、××せんせにしたら、そら、そうでもせえへんと逃げてしまいよるさかいや、て言われた」

一家で愛猫家である××先生は、猫という動物は家につく習性があり、家を替えるのをひどく嫌うことをおしえてくれたそうだ。

「そういうこと、はじめて知ったわ。わたしは生き物に疎《うと》かったさかい」

鼎に背負われてぶじララミーハウスに越してきたシャアは、越してきた翌々日に三匹の仔猫を産み、××先生の愛猫家仲間である「ことぶき湯」の主や親戚にひきとられた。それをきっかけに、「ことぶき湯」の主から優子は琴の先生を紹介され、降園後のイクを預かってもらうことになったのだった。

「カナリアを殺してしまいよったけど」

上がり框の鳥籠のカナリア殺しの犯人はトンではなくシャアだった。イクはそのことを何度か優子から聞いたが、信じられない。嫌悪感や拒絶感ではなく、イクが何をしても決して怒らないシャアが、そんな凶暴なことをする像が結ばないのだ。

うー。正午のサイレンが鳴った。

「ごはんにしよか。おとしと柴漬でええか」

父のいないとき。勤めに出かけるとき。そんなときの母はいきいきして、それでいてのんびりしている。母は甘い菓子以外の食べ物に関心がなく、イクと二人だけのときは、食事といえば、おとしと柴漬だ。

おとし、というのは、櫃《ひつ》にしばらく水をはっておき、櫃にへばりついていたごはんつぶを笊《ざる》におとして掬《すく》ったもの。その粘り気のない飯粒の、さらさらとした淡白な食感と、柴漬の酸《す》い味の取り合わせがイクは大好きだ。

「シャアはどうする？」

イクはシャアに訊《き》く。陽光がスポットライトのように当たる床でこんもりと箱をつくっているシャア。イクはシャアには思ったときに思ったとおりにしゃべれる。

「朝ごはんはぜんぶよばれたん？〈朝ごはんは全て食べたのか〉」

テーブルの下を見た。シャアのアルマイトの盆はいつも樫のテーブルの下に置かれていて、飯、牛乳、水の碗がのっている。各々半分くらいしか減っていない。

イクは母に乞うて、みずやからちりめんじゃこをてのひらにもらい、シャアの飯にぱらぱらとふった。

「シャアもいっしょにお昼をよばれよ」

数切れの柴漬をのせたおとしの碗を、シャアの盆の横に置き、イクは床に正座する。

「シャア、シャア、早《は》よ、早よ」

尻尾《しっぽ》を引っ張った。イクはよくこうして尻尾を引っ張って自分に引き寄せるが、この三毛猫はついぞいやがらない。

シャアはじゃこ飯にちょっと鼻を寄せただけで食べなかった。が、イクはシャアと並んでいっしょに咀嚼《そしやく》するだけでピクニック気分なのである。園児はこの猫を慕っていた。姉や、やのように。

＊＊＊

十月の土曜。

「もうすぐ二階建ての家が建つ」

道でひとりごとのように父が言った。

勤めている外国語学校は土曜が休みである。高度経済成長の職場で急ぎで英語をおぼえねばならなくなった三、四十代の生徒や、資本論を読み歌声喫茶に通ってロシアを夢見る勤労青年の生徒を慮《おもんぱか》り、日曜は開校している。

休日の父と半ドンで幼稚園からもどったイクは、変電所を過ぎ、線路に沿って歩いている。

「ペーチカのある家や」

家を建てているとは母からも聞いていた。

「これで流浪のキャンプにもようやくおさらばできるであろう。庭の池に噴水をこしらえるなどすればもはや」

父はイクのほうは見ずに言う。

（お便所は？）

ペーチカよりイクは気になる。しかし、大正五年生まれにして一八〇センチある鼎の歩幅は大きく、子がついて歩くには小走りをしなくてはならず、訊かずに、父につくことに専念した。

がたんがたんがたん。

線路を貨物列車が通過してゆく。電車のおじさんが半身を出して前を見ている。イクは彼に手をふる。知り合いではない。知り合いの電車のおじさんがいるわけでもない。列車はすぐに通過するから顔はよく見えない。だから恥ずかしくない。だから手がふれる。ふると、たまにふりかえしてくれる電車のおじさんがいる。手をふりかえしてくれるとき、その人が笑うのがパッと一瞬だけ見える。口角がふわっと上を向いた顔。自分のほうに向けられたほほえむ顔。それはイクには、めずらしいものであった。

線路沿いの道を行くと動物公園がある。本当は別の名前である。イクだけが勝手に動物公園と呼んでいる。鼎と優子はたんに公園と呼ぶ。わりに広いが、花壇とブランコとシーソーと、そして奥まったところに動物の檻《おり》がひとつあるだけだ。檻といっても、板で囲んで有刺鉄線をめぐらせただけのもの。「イノシシ」という札がかかっている。だがイノシシはいない。

この動物公園を斜めに抜けると、若い夫婦が開いたばかりの床屋があり、そこへ父は行こうとしているのだった。イクも剛い髪を切ってもらうことになっている。

(ちょっとだけブランコに乗りたい)

イクは思い、それでも父が速く歩いているから、じっさいに乗るつもりはなく、ただブランコのほうを見た。

ブランコはふさがっていた。イクくらいの女の子と、その子より大きい野球帽をかぶった男の子。その帽子が落ちた。風でイクのほうに転がるように吹かれてきた。

「お兄ちゃん、落ちた」

女の子はブランコをとめた。男の子もとめた。イクは帽子を拾った。

広い歩幅で速く歩く父は、兄妹とイクには関せず、さっさと歩きつづけている。

「お父ちゃん待って」とイクは呼べない。唇を【o】に開くのではあるが、開いたまま息が出るだけだ。声帯に異常があるのではないかと市立幼稚園から親に問い合わせがあったくらい、この子供は、声を出すという行動、意思を声に出すという行動が、てぎわよくできない。

呼べば床屋に到着するのを遅らせてしまうのではないか。帽子を拾ったことを鼎が怒るのではないか。一昨日、へんでんしょの職員がポケットから鍵を落としたので母が拾ったら、父は疑われることをするなと母に怒号を浴びせた。いっぽう幼稚園では落とし物を拾ったら先生に言いましょうと言われる。落とした人より先生にまず言うべきなのか。等々、さまざまなことが一時《いちどき》に頭に出てきて、イクの声は出なくなる。

黙って野球帽を持った片手を、兄のほうへのばした。

「ありがとう」

妹のほうが、イクにかけよってきて、帽子を受け取り、身体をひねって兄にわたした。

「ありがとう」

兄は帽子をかぶった。

「あそこには、三日だけイノシシがおったんや。今はちがうやつや」

御礼にか、兄はおしえてくれた。

「今はオオカミがいよるんや」

（オオカミって、赤ずきんちゃんのおばあさんを食べよるやつか？）

声を発しているつもりなのだがイクの声は兄妹には聞こえない。だまっているだけに見えるイクの手を妹が摑み、檻のところまで引っ張っていった。父はまだ公園の中に見えている。

（檻の中を見てから、いっしょけんめい走っていったら追いつく）

そう思い、檻の中をのぞいたが、なにもいなかった。

「あれ、いよらへんようになったで、お兄ちゃん」

「ほんまや。さっきまでいよったのに」

兄妹はオオカミがいないとわかると、

「あんた、どこの子《こお》？」

イクに訊いた。イクは父のほうを指さした。

「あの人、家の人か？」

（うん）

イクが肯《うなず》くやいなや、

「おっちゃーん」

「おっちゃーん」

デュエットで大きな声を出した。

「待ったってー」

「待ったってー」

兄妹デュエットに、父はふりかえり、こちらにもどってきた。イクはほっとし、イクがほっとしたようなのを見て兄妹はほっとし、子供三人は檻のほうに身体の向きをもどした。

もどすと、そこにオオカミがいた。檻の中ではなく、三人の真ん前に。

（うわ）

あとでわかるのだが、それはジャーマンシェパードだった。ドイツ産のその犬は、三人の、その年頃の体格の子供にとっては、ゴリアテさながらの巨体に見えた。そいつは捕まって檻に入れられていたのではなく、すきまから自主的に入り、檻の中を嗅ぎ回っていただけだったのを、イノシシの次はオオカミに替わったのだと兄妹は思ったのだ。

オオカミが解き放たれている。三人の子はそう思い、その巨体に総毛立ち、三人でそいつを見てしまった。これがよくなかった。犬は不審者が自分の顔を見つめると、不審の感情をさらに大きくするのである。

オオカミは唸った。そいつとしては「だれだ、おまえら？」と三人のちびを胡散臭《うさんくさ》そうに見たていどだったのかもしれないが、巨体に唸りが共鳴するのである。その恐ろしさたるやトンの比ではない。トンはそいつよりずっと小さい。ううと唸ったのち、ガウと吠えた。

「きゃあ」

妹が叫んだ。

（咬まれる）

イクは思った。

ゴリアテ　旧約聖書「サムエル記」に登場する巨人兵士

ところが。

ガウと一度吠えただけで、そいつはぴたりと口を閉じてしまった。

「しっ」

父が来て、腕をのばしたのだ。まるでスイッチを切られたようにしゅんとしてしまった。

「よし」

父はオオカミの前に立った。たちまちオオカミは、シナを作っているようなしぐさで小首をかしげ、おすわりをした。

「お手」

父がすこし身をかがめて手を出すと、そいつはぶっといその手を、父のてのひらにのせる。

「こっちわいな〈こっちはどうした〉」

父がそう言うと、今のせたのではないほうの手をのせる。大きな図体でしおらしく、かわるがわるにお手をする。そのラブリーさたるや、三人の子が、いましがたそいつに総毛立ったことを即座に忘れたほどである。

「びっくりしたあ。これ、おっちゃんの飼《こ》うてるオオカミ？」

兄が父に訊いた。

「坊《ぼ》ん、これはオオカミやない。シェパードという犬や」

「犬？　これ犬やの？」

妹が訊いた。

「鑑札のついた首輪をしとるさかい飼い犬や。散歩の途中で迷いよったにちがいない」

（散歩？　犬も散歩するの？）

イクの声は通らない。

「シェパードて……、わかった、ぼく知ってる。シェパードはすご役立ちよる犬や。警察の手伝いしよる犬やろ、な、おっちゃん」

「ああそうだ。坊んは物知りだねえ」

イントネーションは関西弁のまま、巡業芝居の科白《せりふ》のように父は兄を褒め、オオカミ（ではないのだが）をなでた。オオカミはマタタビを与えられた猫のようにでれでれになって喉をそらせ、父に身をこすりつける。

（へえ）

イクは父を見る。

（へえ）

オオカミを見て、また父を見る。貨物列車から手をふってくれる電車のおじさんのように、父が笑っている。

（へえ）

＊

ばたん。

音がした。自動車だった。ドアが開いてタートルネックの真っ赤なセーターを着たでぶっちょの男が出てきた。

香良市あたりでは、三輪のミゼットやスクーターはよく走っているが、四輪の自家用車を乗り回す人はめずらしい。

「すんません。もしかしてその犬……」

でぶっちょは鎖を持っている。

「あじゃー、やっぱりせや。こらどうも。うちとこの犬ですわ。さっき、車から出てしまいよりましてん」

でぶっちょはオオカミの首輪に鎖をつけた。

「繁殖させよと大阪から来ましてんけどな……」

でぶっちょと父はしばらく話し、三人の子供はかたまってオオカミを見ている。

「いやあ、見つかってよかった。助かりましたわ、悪さをせんでくれて」

せわしなくしゃべりながらポケットを叩いて煙草をさがす。見つからない。

「あ、あかん、ないわ。ほな、もう帰らしてもらいまっさ。どうもおさわがせしまして。ほい、来《こ》い」

でぶっちょは鎖を引っ張る。だが、オオカミは動かない。

「何しとんや。来《こ》い。来《こ》んかいな」

引っ張る。オオカミは踏ん張る。おすわりの姿勢で前肢に力を入れているものだから、でぶっちょが重い置物を、ずず、ずず、と引っ張っているようだ。滑稽なようすに子らはくすくす笑った。

「手伝いましょう」

父がでぶっちょに代わって鎖を持った。と、たちまちオオカミは、スッ、スッ、スッと、父の歩幅に合わせ、エリート然として進んだ。父は名犬をでぶっちょの車に入らせた。

そうして大阪から来た車はエンジン音とともに去ってゆき、ブランコの兄妹は「さいなら」と去ってゆき、イクは父と床屋に行った。

＊

翌日。

前日より六度も気温の高い日曜であった。ララミーハウスの杉戸の前で、バリカンで刈り上げられた剛毛の後頭部に光が注いでいる。

イクはうつむいて、紐を結びつけようとしているのである。樫のテーブルの抽斗《ひきだし》に入っていた、小包《こづつみ》を縛ってあった長い紐を、シャアの首に。

（私も散歩というものをしてみたい）

イクは憧れたのだ。シャアを紐で引きながら、スッ、スッ、スッと変電所あたりまで散歩したい。

(よし、結べた)

わくわくして立ち上がり、わくわくして紐を引いた。

「来《き》い、シャア」

わくわくしたイクの足が前に出た。

だが。シャアは一歩も動かないではないか。

「来《き》い、シャア。来《き》いな」

何度も命ずる。が、シャアはがんとして動かない。

(なんでや?)

ショックだった。シャア姉やはいつだって自分といっしょに遊んでくれるではないか。腹が減っていないときにじゃこ飯を食べないなら納得できるが、日曜の昼下がりに散歩をするというこんなすてきなアイデアになぜ同意してくれないのか。

「来《き》いな。来《き》いなて」

動かない。

(なんでやのん?)

紐をはなした。シャアは紐をつけたまま屋根にのぼってしまった。

「来《き》いーっ、シャーッ」

とても大きな声が出た。声帯の異常を幼稚園園長から心配されるほど、いつも声の小さいイクの口から。

＊＊＊

山中のぼろ家に住むうち、ここに馬車に乗ってやってきた子供は、ＬとＲ、ＢとＶの区別をしなくなり、戦勝国のＴＶ番組の牧場を「ラルミー」ではなく「ララミー」と発音するようになった。

そして、ずっと後年に、鼎の三回忌でトンがアップになったモノクロームの写真を見せられて思うのである。

東西北《トンシャアペー》。便所もないララミーハウスであったが、そこは敗戦後十年、シベリアからやっと祖国にもどれた男のホームであったのだろうと。

逃亡者

歌謡曲ではなく民謡を、若者たちがよくうたったころがあった。河原や野山で。そして先生の家で。

「りんごの花ほころび、川面に霞たち……」「夜霧の彼方へ、別れを告げ……」、こんなロシアの民謡を、学校で教えを受けている先生の自宅に皆でおしかけ、牛肉などほとんど入っていないカレーやすき焼きを大鍋で作り、食べたあと、円座になってうたうのである。

うたう若者たちは全員が黒い詰襟の服を着ていた。学生服は万能であった。

東京でオリンピックが開催され、新幹線が「夢の超特急」と呼ばれて開通していたが、ブラウン管に映るアメリカの家庭の冷蔵庫や、そこに入っている牛乳瓶の大きさ、オーブンのあるタイル張りの台所は、日本の庶民にとって「フィクション《架空》」だった。ドクター・キンブルの妻の死体が纏《まと》っていたVバックのノースリーブドレスがデラックスで煽情的に映った。そのころのはなしである。

ドクター・キンブル　米制作ドラマ『逃亡者』の主人公。無実の罪を着せられて逃げる。オープニングで毎回、肌の露出したドレス姿の女性の死体が床に倒れているのが映る

＊＊＊

黒い塊《かたまり》に付いて、六歳の子供は山を下っていた。鼎を訪ねてきた生徒たちは、みな学生服を着ている。三十四歳の生徒もおり、十五歳の生徒もおり、十八歳の生徒もいたが、子供には一様に大人に見える。大人の黒い塊。

「肉は高いさかい、松茸をぎょうさん入れて量増ししとこ」

最年少の生徒が言い、皆で山をのぼり、笊《ざる》いっぱいに松茸を採って下りるところである。

「イクちゃん、あそこに洞穴《ほらあな》があるやろ」

最年少は子供の肩を叩いて、下方を指さした。山中にぽっかりできた平地に、ララミーハウスがあり、沼があり、洞穴がある塩梅《あんばい》である。

「あの洞穴、呪いの洞穴なんやで」

（のろいのほらあな？）

子供の耳に不穏な一語が忍び込んだ。

「こら、姫野、こたち〈子供〉を怖がらしたらあかへんで」

べつの生徒から窘《たしな》められ、最年少は首をすくめる。十五歳の彼は姫野といい、馬車のおじさんの息子である。彼の家は維新のころに九州から移ってきた家の分家で、優子の実家も同じ家の分家の分家である。

「そやかて中学のとき、わし、連れ〈友達〉に聞いたで」

その洞穴の奥には気のふれた女の人がいて、死んだ赤ん坊に青い薬を飲ましているのだという。先はない。これだけで、そこは呪いの洞穴なのだった。

「アホやな、姫野くんは。あの洞穴はな、防空壕のあとやがな」

年長の生徒が言った。

（ぼうくうごうてなんや？）

イクは訊きたかったが、実父母も含め、他者と話すことが不得手である。

「ぼうくうごうて、なんや？」

都合のいいことに姫野が訊いた。

「アプレは、防空壕を知らんときたで」

ほかの生徒は大笑いをした。

「さあ、せんせ《先生》が待ちくたびれてはるわ、早《は》よ、すき焼き作ろ」

黒い塊はラミーハウスにもどると、祭りのようににぎやかに食事のしたくにとりかかった。それを眺める父は「もう一人の父」になっている。

もう一人の父。イクの分類だ。イクと二人のときには見せない顔。母といるときにも。

母とイクと父の三人でいるときにも。

アプレ　アプレゲール（戦後派）の若者を少しからかって呼んだ流行語

イクと母の知る不愉快そうで不機嫌そうで苛立たしそうな父は、ある人といるときや、あるときには変わるのである。滞《とどこお》りのないさらさらとした居心地よさげな顔に。

後年に、この変身について、鼎を知らぬ者にイクが語ると、聞いた相手はみな「外面《そとづら》と内面《うちづら》」という語を用いて相槌《あいづち》を打った。だが鼎は、家の外と内で変身したのではない。彼は外面も充分に悪かった。彼を知る者の殆《ほとん》どは「あの怖い人が」だとか「ようあんな恐ろしい人といっしょに住んでられるな」だとか、身震いしてみせたのだから。

ともかくも、ロシア民謡を若者がうたった時代のこの日、砂糖と醤油が焼けるおいしそうな匂いのするララミーハウスの一隅にあぐらをかいた父は、もう一人の父に変身していた。

すき焼きができると、父と黒い塊は、一口噛んでは笑い、笑っては噛んだ。そのようすを見ているイクの顔にもまた、滞りのないさらさらとした居心地よさげな表情が浮かんだ。

「嬢ちゃんも、こっち来て食べえ〈食べなよ〉」

生徒のひとりが、彼らを遠巻きにするようにすわっていたイクを気遣った。

「あほ。わしらが場所をぶんどってるさかい、こたちが入《はい》れるとこがないんやがな」

テーブルで食べるには椅子が足りないため、父がとっている毎日英字新聞を部屋のまんなかに敷いて食卓代わりにし、それを囲って彼らは食べている。

「姫野くん、ほな、この茶碗にな、嬢ちゃんのぶんをよそてあげてんか〈よそってあげてくれたまえ〉」

そう言われた姫野は、松茸がほとんどのすき焼きを飯碗によそい、

「ほなイクちゃんはこっちで食べたらええわ。特別席や」

階段椅子に置く。

「ありがとう」

礼が姫野に聞こえたとイクは思っているが、聞こえたかどうかはあやしい。イクの声は、ボリュームが小さいというより、ヒトの耳がきわめてキャッチしづらい音質なのである。

「シャア、いっしょに食べよ」

膝に抱いていたシャアに言った。だがシャアは、黒い塊をふりきるように家の外に出ていった。

「シャア」

人なつこい猫だが、今日はさすがに生徒たちの人数が多かった。頻繁にあがる笑い声におどろくらしい。イクは樫のテーブルですき焼きを食べ終えると、オーバーコートを着て表に出た。

「シャア、来《き》いー」

きいー、きいー。何度か呼ぶと、屋根の上から、ぽん、ぽん、としなやかに下りてきた。

抱き上げる。重い。下ろす。イクの足下で、シャアはちょんと前肢をそろえてすわる。坂の下の単線線路を二輌編成の電車が通ってゆく。

「五十四分たったら終わるんや」

こうして二人で立っているのは五十四分だろうとイクは思うのである。あるていどの長い時間、それはイクにとって、紫口市から香良市まで馬車に乗ったくらいなのだ。

「雪の白樺並木　夕日が映える」

黒い塊が歌っているのが、後方から聞こえてくる。イクは空想の中でシャアと二人でトロイカに乗る。クリスマスカードに描かれているような冬景色と橇《そり》が頭に浮かんでいる。

「走れトロイカ、かろやかに、粉雪蹴って」

イクも歌い、橇に乗っているつもりで坂道をおりてゆく。

「サマリアに着いた」

変電所に言う。

「こうゆを塗ってもらいました」

ほとんど葉を落とした桜の木に言う。

サマリアがどこにあるのか、香油が何なのか、だれがだれに香油を塗るのか、園児はわかっていない。パン。ぶどう酒。罪。罪深い。礼拝堂や宣教師館で注入されたことばは、園児にいつも空想の風景を見せた。退屈することなく五十四分はすぐにたった。

＊＊＊

朝。

幼稚園に行こうとして家を出ると、十一月の空気はひきしまっていた。空が青かった。雲が白かった。木々の梢《こずえ》は朝日を撥《は》ねている。

（なんてきれいなんやろう）

イクは息を呑んだ。六年生きてきた園児は、文字通り、生まれて初めて、空と雲と木々の美しさに感動した。

「早《は》よう乗りなさい。遅れるやないの」

自転車のハンドルを持ち、子が荷台にまたがるのを待っている優子が急《せ》かす。

「今日は休む」

イクは杉戸の前にしゃがんだ。世界をより見やすい姿勢をとろうと。

イクが体位を低くしたものだから、シャアがすぽんと腹の前に入り込んだ。シャアといっしょに今日はずっとここにいよう。

「休む？」

「うん」

ここにこうしてシャアと二人できれいな風景をながめていれば、すぐに五十四分はたつ。五十四分たったら、父か母か、先に勤めから帰ってきたほうに杉戸の鍵をあけてもらえばよい。それで一日は終わる。六年しか生きていない人間にはそう思われた。

「そうか。ほな、そうしてえ〈そうしていなさいよ〉」

ぎゅるぎゅる。小石をタイヤが踏み、自転車が漕ぎだされる。

シャアの頭を撫でながら、イクは遠ざかる二輪を見ていた。自転車は小さくなっていった。

「あっ」

不意に学んだ。一日は五十四分より長いと。

不意に理解した。五十四分よりもっともっと長い時間があると。

(待ってられへん)

走った。シャアもイクに倣《なら》った。ぎゅっぎゅっぎゅっ。ズック靴が小石を鳴らす。母がふりかえり、自転車をとめた。

「やっぱり、幼稚園へ行く」

「ほうか、ほなら、乗り」

後年、この日はかけひきをしたと、優子が明かすのをイクは聞く。漕ぐスピードを加減していたと。子供というものは、ときどき理由なく大人にごねてみせるものだ。いちいちそれにとりあっていては教師失格だ。とりあわずにいれば、やがて子供のほうから反省するのだという旨、優子は誇り高く語った。優子から明かされたときイクは成人しており、すでに彼女の結婚生活への絶望を知悉《ちしつ》していたため、あれはごねたのではないとは、もう言えなかった。この女性は仕事への矜持《きょうじ》だけが支えだったのだと。

自転車をとめた優子は、荷台に子を乗せた。

「追いかけてくると思《お》もてたわ」

プレイボーイがとりまきの乙女を余裕をもっていなすように、職業婦人は子を乗せた自転車を漕ぎだした。

「シャア、見てて」

「見ててな」

自分の代わりに、美しい日をそこで見ていてくれと、イクはシャアを何度もふりかえり、手をふった。

犬のような猫だと母が評したシャアは、犬のように忠義者然としておすわりをしていた。それがイクが見たシャアの最後のすがただった。

＊＊＊

幼稚園を降園したイクを、琴先生の家に迎えに来たのは馬車のおじさんである。

「嬢ちゃん、今日から新し家に住むんやで」

（なんで？）

「なんやて？　聞こえへん」

馬車のおじさんは腰をかがめて耳をイクの口のそばに寄せる。

「なんで？」

「なんでて、引っ越しがすんださかいや」

「なんで？」

「なんでて、おっちゃんらがぎょうさんでがーっと手伝《てつ》どうたさかい、ばーっとすんだんや。さ、新しい家に帰ろ。スクーターに乗せたるわ」

（なんで？）

その声は、エンジンをかけたおじさんには聞こえない。なぜ前もって鼎か優子が、今日は引っ越しだ、今日から新しい家に移ると、子供におしえなかったのか。

子供は大人が思うほどには幼くない。だが多くの大人は、自分が子供だったときのことを忘れるので、子供を蚊帳《かや》の外に置くことが子供への配慮だと錯覚する。聞いておくべきことを省かれた子供はひどく困惑する。

困惑したまま、イクはおじさんの胴に腕をまわしてスクーターにまたがっていた。琴先生の家はにぎやかな町にある。アスファルト舗装された、店や家の建ち並ぶ道をスクーターは走る。そのうち、建物が少なくなり、広々と開け放たれたような一帯に来た。田んぼと、整地したてのところが広がる新興住宅地。

「ここやで。大きい家やろ。四百坪あるんやで」

鉄筋の直方体が、ずどんとたっている。

よんひゃくつぼだとおじさんの言う敷地には、まだ柵も庭も整っておらず、山の中とちがって広々としたところにあるぶん、実寸以上に大きく見えた。

(入り口がいっぱいある。どの戸から入るんやろ)

南向きにずらりと並んだ大きなガラスの戸。北向きの鉄の戸。夕日を反射させるガラスの嵌《は》まった西の戸。ラミーハウスには戸は一つしかなかったが、この家にはいっぱいある。

スクーターをとめたおじさんが西のガラスの戸についた銀色の把手を回して中に入っていったから玄関戸はこれなのだろう。

玄関はざらざらしたタイルが敷かれ、ドアと向き合うように、ジョシュア・レイノルズの『小さき祈り』の絵皿がかけられていた。モンゴメリがくれたものだ。前の家では箱に入ったままになっていた。

「よかったなあ、こんなデラックスな家に住めて」

お祈りをする預言者サムエルの前で、おじさんはイクの頭をぽんぽんと叩いた。

『小さき祈り』 巻末画像参照

「お父《とう》、かんにんやで、先によばれさせてもろてた〈先に食べていました〉」

円座した黒い塊のうち、アプレの姫野が箸を持った手をあげて言う。つるつるした深緑のタイルの敷かれた広い部屋で、彼らはコロッケを食べていた。

「おう、マルヨシのコロッケか、おいしそやな」

「そや、奥さんが買《こ》うて来てくれはったんや」

油を吸い取る包み紙と竹の薄皮の上にコロッケが山盛りになっている。香良で一番おいしいと評判のマルヨシ精肉店のコロッケは、なにかのちょっとした御礼にいつも使われる。

（こんばんは）

まずイクは声を出した。お客様には挨拶をしなくてはならない。だが例によって例のごとくイクの声は、黒い塊の発する大きな笑い声に消されてしまった。

（シャアは？）

シャアはどこにいるのだろう。

父に尋ねるべきか母に尋ねるべきか。二人とも黒い塊の相手で忙しそうである。イクはシャアをさがすために、深緑のタイルの部屋のはしっこの階段をのぼった。

「シャア」

のぼった左のドアを開けて呼んだ。

「シャア」

サムエル　旧約聖書「サムエル記」

その奥の部屋も開けて呼んだ。

「シャア」

のぼった右のドアを開けて呼んでも、その奥の部屋にも、その奥にも、三毛猫はいない。夕日に染まるバルコニーに出てみた。トンが庭をうろうろしている。この信楽焼の狸に似た黒犬は、トラックにちゃっかり一番乗りしたのだった。

「シャアは？　シャアはどうしたん？」

バルコニーで練習をした。

「シャアはどこにいよるの？」「シャアはどこかに隠れとるの？」と、だれもいないところで、まず練習をしてから、階段をおりた。

「シャアはどこにいよるの？」

円座に質問を投げた。

「ああ、イクちゃん、猫はな、あの家や。今日は連れて来《こ》られへんかったんや」

馬車のおじさんが答えた。

「トラックに驚きよったんやろう――」

黒い塊の一人がトラックを調達してくれた。彼らはそれに乗って予定よりずいぶん早く山中の家までやってきた。トラックが来るまでにはまだ間があると思っていた父は、シャアをリュックサックに入れていなかった。入れようと何度も呼んだ。だが、すがたを見せない。トラックを貸してもらえる時間はかぎられていたので、皆、猫のことは措《お》いて引っ越しの作業にとりかかった——と、シャアがこの家にいない経緯を、父は、イクに言うともなしにひとりごとのように言った。

「トラックを出すだんになっても、どこにもいよらへんかった。しょうがない。明日にでももういちど、あの家にさがしに行こほん〈さがしに行こう〉」

「ほんま？　シャア、さびしない？」

だれもいない家で、シャアは今、どうしているのだろう。

「心配せんとき。明日、せんせ《先生》がちゃんと猫は連れて帰って来てくれはるわ」

黒い詰襟が言った。

「そや。コロッケ食べて、今日はよう寝え〈今日はよく寝なさい〉」

別の詰襟も。

「うん」

イクは安心した。大人が二人とも言うのだ。明日になったらシャアは新しい家に来る。

＊＊＊

鼎はシャアを新しい家に連れてくることはできなかった。

「ずいぶん長いこと、框に尻をおろして、シャア、シャアと呼んでは待ち、呼んでは待ちしていたが、来《き》よらへんかった」

琴先生宅に鼎がイクを迎えに来たのは、イクと琴先生が夕食をすませたあとだったから、彼はかなりのあいだ、あの家でシャアをさがしたのだろう。

「そらお疲れさんどしたなあ」

琴先生は父に肯き、それからわざわざしゃがんで、イクの背丈に合わせ、頭に手を置いてくれた。

「な、イクちゃん、お父さん、一生懸命ににゃんこさがしてくれはったんや。それで見つからへんかったんやさかい、しょがないいな？」

（うん……）

ちゃんと声が出せていたか、ちゃんと首が縦にふられたか、さだかではない。落胆した子供はぼんやりしたまま、新しい家に帰った。

（天にましますわれらのちちよ、明日はシャアに会わせてください）

玄関戸の真正面にかけられた『小さき祈り』の前でイクは手を組んだ。

白衣の裾からはらりと膝とふともを見せた、大きな瞳の巻き毛の、幼年時代の預言者サムエルを、描いた画家の名を知るまで何十年ものあいだ、イクはずっと幼女だと思い込んでいた。だから彼女を見倣わんとして、お祈りをするときはいつも、彼女に向かって手を組むことで、立派で美しい彼女なら届くであろう祈りに、いたらぬ自分のそれを便乗させてもらおうとしたのである。

＊

翌々日。

琴先生の家に優子がイクを迎えに来たのは六時過ぎである。

琴先生の家はにぎやかな町にあるから、先生の家の前で母の自転車のうしろにまたがったとき、周囲には商店や民家から洩れる灯《あかり》がたくさんあった。

「シャアを迎えに行こ」

母にイクは頼んだ。

「そやな、ちょっと行ってみよか」

自転車は山のほうに進む。

十一月である。進むほどに、あたりはどんどん暗くなり、あの変電所まで来ても、そこすら外からは灯が見えない。坂をのぼる手前に一つだけあった街灯も、切れたのか割れたのかついていない。

「いやあ、暗いなあ。こんなに暗いとこやったかいな」

ほんの数日前まで、このあたりで寝食してたはずなのに、母もイクもびっくりするくらい、まっくらでさびしい人気のない一帯である。

かろうじての光源は、月星と自転車のライト。ぎゅる、ぎゅると、小石を踏みながら自転車は坂道をのぼり、とまった。

　まっくらだ。

　自転車をとめるとライトも消える。母の顔も見えない。

「あんた、こけへんようにしいや〈ころばないようにしなさいよ〉」

　注意する母も、よろっとなにかに躓《つまず》く。それほどまっくらである。イクは母のオーバーコートのポケットを摑み、二人は杉戸まで進んだ。

「あかん。つかへんわ。球《たま》をはずしてしもてはる」

　杉戸のわきには紐がぶらさがっていて、それを引っ張ると電球が出入り口を照らすようになっていたのだが、引っ越しのさいにはずされていた。

「たしか、鍵は開けてきたさかい……」

　把手を引くと、キィーと戸は開いた。外はまだ月星が照らしているが、中は、黒だった。暗いというより黒。

（怖い）

　これほどまでの暗闇は初めてである。

「シャア〜」

　怖さをこらえ、声をふりしぼった。暗い中で母の身体がもぞもぞ動く。

「ここにポンプがある。あんたはこれにつかまってえ〈つかまってなさい〉」

母はイクの手をとり、ポンプの把手をつかませると、離れていった。

「シャア、いるかー」

「……るかー」

「ア……か……」

母の声がしだいに小さくなってゆく。

イクは真っ黒な中でひとりである。

「シャア……」

呼んでみるが、真っ黒がイクの声を吸い込む。ささ。ささ。笹原の葉擦れがした。

「呪いの洞穴の奥で、気のふれた女の人が、死んだ赤ん坊に青い薬を飲ましている」

姫野のはなしがよみがえる。姫野の声は、イクの内耳で演出され、じっさいよりずっと低く太く、風呂場やトンネルでしゃべったときのように共鳴する。

「呪い」

「死んだ赤ん坊」

「青い薬」

青い薬を呪いの洞穴で飲まされているのは死んだ猫。姫野の外見も、なにかで見た、大きな鎌を背負って頭巾《ずきん》付のマントを着た死神に変わっている。

「ぼうくうごう」

防空壕が何なのか皆目わからない六歳の子供には、この語もおそろしく響く。

「シャア……」

出てこない猫を呼ぶ。ポンプの把手をにぎるイクの手は固くなり、眉間に皺が寄っている。

(家に帰りたい)

イクは思う。ここは家ではない。家に帰りたい。

「あかんなあ、いよらへんわ」

母の声が聞こえた。

「帰ろ、しょうがないわ」

「うん。帰る」

ためらいなく同意した。

月星のある屋外は、屋内より明るい。ほっとした。自転車にまたがり、優子が漕ぎだすとライトがついた。ほっとした。そしてシャアは過去になった。

自転車は黒くて何もない一帯から、次第に明るいところに入り、もっとにぎやかなところを通過し、すこしにぎやかなところを通過し、広々としたところでやがてとまった。イクは荷台からおりた。

にしていた。

（家についた）

そこはもう「新しい家」ではなかった。六歳の速やかな順応は、そこをもう「今の家」

＊＊＊

今の家にも、生徒たちは訪れたが、じきにロシア民謡はうたわれなくなった。顔ぶれも変わった。訪れる頻度も、大阪万博を境に急降下で減り、ないにひとしくなった。

黒い塊に囲まれることがなくなっても、イクはたまに古い足踏みオルガンの蓋《ふた》を開けると、きまってシャアに頼りきっていたころに聞いた歌を弾いた。

「りんごの花ほころび　川面に霞たち

きみなき里にも　春はしのびよりぬ」

ロシア民謡を鍵盤に押す指のはらが、すると思い出した。シャアの、あの小さな頭蓋骨のあたたかい固さを。

宇宙家族ロビンソン

家庭の実際は、そこに住まぬ者には見えない。見えるのはただ、窓から洩れる灯《あかり》である。発売された当初は特別な機械であったTVは、しだいに普及した。その電影機のモノクロームの明かりはやがて日本中の家庭から洩れるようになった。

茶の間の中心に据え置かれ、ついていないときにはゴブラン織ふうの垂れ幕が画面を覆っている。つけると、ニュース歌謡ショー動画等々、番組がどんどん日本の家庭に流し込まれる。番組を提供するスポンサー企業のCMソングは、子供たちの愛唱歌と化した。

そしてTVは日本中の家庭に、よその家庭を見せた。頼もしい父とやさしい母とお茶目な姉と元気な弟。宇宙ロケットやしゃべるロボットのいる惑星においてさえ、家族団欒《だんらん》の食卓を映した。そのころのはなしである。

＊＊＊

柏木家は鉄筋コンクリートの建物に住んでいた。

東端、西端、南端。父母子の各部屋は家内で離れたところにある。直方体で三角の屋根はなく、瓦も葺《ふ》いていない。だが煉瓦《れんが》の煙突はある。そのオブジェは、田んぼを住宅地につくりかえて開発が進みはじめたばかりの辺りでは、目を剝くほど奇異に映った。

「あれがイサム・ノグチたらいう人〈ノグチとかいう人〉の設計しはった家か」

田植えをする夫婦が薄気味悪そうに見る。

オサム・ノグチであって、イサム・ノグチではない。ベレー帽をはすかいにかぶりルバシカを着、ミースの写真集を事務所に置いているオサム・ノグチは、イサム・ノグチとは無関係である。

「ウィーンに留学してはったらしいで」

縁側と木戸のある家を建てた夫婦がどこからか聞いてくる。

オサム・ノグチは京都府宇治に事務所をかまえている。ウィーンに行ったことはない。ウィーンと宇治。共通項は「ウ」だけだ。

ノグチ設計建築の家の玄関ドアのノブは、銀色の立方体である。その鍵穴に、小学二年の子供が、ランドセルから鍵を取り出して差し込んだ。このころ「鍵っ子」は妙な特別視をされた。ノグチ設計の家のように。

（あ、いはる）

鍵をまわすと逆に鍵がかかってしまったので、小二は鼎《かなえ》か優子いずれかの親がすでに帰宅していることを知った。ドアを開ける。大きな革靴がぬいである。中にいるのは父親だ。

「帰ってきました」

父は「おかえり」とは言わなかった。

彼は樫のテーブルに広げた朝日新聞を読んでいた。小二はわざと音がするようにランドセルを椅子の背もたれにかけた。

父の顔が紙面から一瞬逸《そ》れた。

小二のイクは父の前を通過して洗面所に行った。手を洗い、食堂にもどると、

「やきめしを作ってある」

朝日新聞に顔を向けたままの父が言った。

「はい」

イクはコンロに寄る。フライパンがかけられ、やきめしが入っている。

皿にやきめしをよそい、朝日新聞が広がっていないところに置き、父の顔が紙面に向いているのをたしかめてお祈りをする。父も母も食前に祈らないので、自分一人だけ祈るのが気が引ける。

（おいしい）

父は母より料理がうまい。南のテラスから見える土曜の空はよく晴れている。家を囲む

塀代わりのユーカリの木の下をトンがのそのそと歩いているのが見える。家を移っても、トンは前と同じように、鎖に繋がれるでもなく、小屋を用意されるでもなく、気鋭の建築家の作品周辺をただうろうろし、鼎以外がそばに寄ると、口吻《こうふん》に皺をよせ、犬歯を剝きだして低く唸る。

「ごちそうさまでした」

食べ終わった皿を流しの盥《たらい》に入れたイクは、竈《かまど》の隅に小皿があるのにまったく気づかなかった。

コンロの横に煉瓦の竈があるのである。それはペーチカに火をくべるための竈だった。気鋭の建築家ノグチは、鼎が大陸にいたと聞いて「ぜひレニングラードスタイルでいきましょう」とはりきったのであるが、壁暖房をするためには四六時中、竈に火をくべていなくてはならず、家人三人ともが不在がちの家にはまったく不向きな設備であったため、住んで二年たった今は、たんなる棚になっている。

そこにのっていた小皿には細く刻んだ土生姜が入っていた。

それにイクは気づかなかった。食べなかった。これが父の気分を害した。

父は割れた。

ぜんぶの奥歯が見えるほど口が開き、閉じる。耳をつんざく赫怒《かくど》の声は雷鳴であり、もはや何と言っているのか聞き取れない。一八〇センチ八十五キロで立ち上がり、樫のテーブルを叩く。

「やきめしには生姜がいい薬味になる」「用意しておいたのに使われていない」。怒声の断片をつなぎあわせれば、どうやらこうしたことを言っているらしい。

「かんにん」

生姜を嫌ったわけではない、気づかなかっただけだと、イクは言えない。地響きのするような雷鳴に、ただ身が竦《すく》む。

「かんにん」

ただ謝る。謝っても雷鳴はつづく。

怒りの方向が、「おまえはいつも不注意だ」というほうへ曲がってゆく。「不注意だから生姜にも気づかない」と。

「おまえは注意力散漫な人間だ。自分をとりまいていることに冷静な注意を注ぐことができない人間だ」

父はイクを罵りつづけた。

神秘的なほどに不可思議な叱責である。

だが鼎の怒声は、人が怒っているというより獣の咆哮《ほうこう》で、それを耳にした者は、この獰《どう》猛《もう》な咆哮が、とにかく聞こえなくなることをひたすら願うのである。

「かんにん」

謝りつづける。

「知らん」

最後の咆哮は、この一言で止《や》んだ。

このように鼎は突然割れ、そのあと、飛び散った砕片は、録画テープを逆回しするように真ん中に集まってゆき、もとの彼の姿形にもどる。

食堂は無音になった。朝日新聞をたたみ、父はＴＶをつけた。ハ長調８拍子の陽気なＣＭソングが流れた。

（助かった）

イクの膝頭の強張《こわば》りがとれる。

助かったのは、小二だけではない。鼎もまた助かっただろう。ＴＶの能天気は、アヴァンギャルドな石の家に住む一家を、このころも、このあとも、長きにわたりつねに助けた。

「小川、見てくる」

外に出たかったイクは、おそるおそる理由を口にした。この場から離れるためには理由がいる。だが、その理由が父の気に入らぬ場合には、また父が割れる。

家の北側を流れる細い川。家のそばだ。外に出てもそばでしかない。これなら父は怒らないのではないか。小二の知恵であった。

父は許可した。

イクはノグチの建てた石の家から飛び出した。

小川に沿ってイクは歩いた。こぽこぽと音をたてる流れに、川端の草は葉を泳がせている。草間に灌木の枝が折れて落ちていた。それをイクは拾い杖《つえ》とした。

（ベツレヘムに旅出とう）

心が縺《もつ》れたとき、イクはいつも遠い所に旅立つ。杖を持てば、滋賀県香良市の田んぼの広がる一帯はすぐに塩の海やガリラヤの海に変わり、自分は杖持ち旅する、とうほうの博士になる。

空想のパレスチナの道を杖をついて歩いていく。稲の刈り取りの終わった田んぼを何反も何反も縦横無尽に歩く。

綿糸会社に勤める久村達司の家まで来た。ここには回覧板をよく持ってくる。達司の首にはピンポン球ほどの瘤《こぶ》がある。妻の雪乃は一回り年下なのだと、この夏の地蔵盆のときに地区の大人たちがしゃべっていた。

久村家のぐるりは柾《まさき》の植え込みである。門柱は花崗岩《かこうがん》。「新町3－11」。門柱に紺色の札が貼られている。玄関の戸は擦《す》り硝子《ガラス》の嵌まった引き戸。

隣はトタンで囲った共同駐輪場。田んぼに作業をしにやってくる農家の自転車やバイクがとめられている。黒いゴム合羽もかけられていた。

その黒いゴム合羽がごそと動いた。

とうほうの博士　新約聖書に出てくる東方の博士。イエス誕生の馬小屋を訪れる
地蔵盆　近畿地方で盛んな地蔵菩薩の縁日会式。八月末、町内で地蔵のまわりに花や菓子をかざって寄り合う

（なんやろ？）

はたと空想からさめた。黒合羽の下から、また黒いものが出てきた。

（あ、トン）

さっきユーカリの木の下をうろうろしていたトンが、こんなところに遠征していたのだった。

トンはふんと見下したようにイクの前を横切り、つつつと二、三歩歩き、何を思ったのか、何を見たのか、そのまま動かなくなった。

「トン、あんたなんか来《こ》んかてよかったわ。あんたなんか来《こ》んと、シャアが来《き》てほしかった。私、ずっとそう思《お》もてた」

丸まった黒い尾の下から肛門を見せているトンにイクはぶつけた。

大きな声ではない。れいによって通りにくい声である。だがおそらく、このときの、この小二の内にある汚濁が、すべて集約した音だったのであろう。クルッと身体の向きを変えた犬は大きく吠え、尖った歯を大きく見せ、小二に跳びかかった。小二はそのとき痛いとは思わなかった。きゃあと叫ぶ暇もないほど急だったからだ。

跳びかかってきたトンを手で払い除《の》けようとしたが、腿に喰らいついていて払えない。このだんになってようやく、「やあ」とか「わあ」とか、聞きようによっては犬とたのしそうに遊んでいるような叫び声がイクの口から出た。

もういちど払った。トンは離れた。そして田んぼをつっきり、どこかへ走っていった。タイツが破れている。大腿《ふともも》からぼたぼた血が出ているのを見て、咬まれたのだとわかった。

（どうしよう……）

犬に咬まれるという事態が自分に生じたことにたじろいだ。痛いとか悲しいというより、恥ずかしく惨めだった。

（狂犬病になるやろか）

どのように処置をすべきか見当がつかない。家にもどり、父に打ち明けてもいいものなのか。どのような飼い方にせよトンは、家で飼っている犬なのである。

「なんや、犬がえらい吠えとるで……」

がらと引き戸が開き、灰色のコートを着た久村達司と着物にふわふわしたショールを羽織った雪乃が出てきた。

「なんや、イクちゃ……」

雪乃が言いかけ、

「あっ、脚」

イクにかけよった。

「咬まれたんか、血《ちい》が出たるがな」

雪乃はしゃがみ、袂《たもと》からハンカチを出してイクの大腿に当ててくれた。

「どもないか、痛《い》とないか」

「どもない」

「いやあ、血が出たるのに泣かんと。イクちゃんはしっかりしてて、えらいなあ」

雪乃からは、母からはしない、お化粧品のいい匂いがする。

「イクちゃん、今日も鍵っ子か？　おっちゃんとおばちゃんが大河内さんとこまで連れてったげるわ。犬に咬まれたんやしな、ちゃんと病院で診てもろたほうがええで」

達司は道の先を指した。大河内医院というのが去年から開業している。

「あの、今日は、今日は……」

今日は父がいるとイクは言おうとしたが、躊躇《ためら》いが制止する。

トンに咬まれたと父が知ったら、また割れるのではないか。「注意力散漫な人間、自分をとりまいていることに冷静な注意を注ぐことができない人間」だから自分の家の犬に咬まれるのだと怒鳴られるのではないか。

「イクちゃん、これだけしっかりしてるんやさかい、きっとチャチャッと薬塗ってもろて、すぐすむて」

そうか、すぐすむのか。ならば、すぐすませて、父にもトンに咬まれたことを言わずにすむ。イクは思う。

「そうや、イクちゃん、いっしょに行こほん〈行こうよ〉。おばちゃん、ちょうど大河内さんとこへお薬をもらいに行くとこやったんやんか」

大腿をハンカチで巻いてきゅっとしばり、雪乃はイクの手をにぎって引いた。

はっ、とイクは驚く。知らない感触だ。学校の体育の時間や遊んでいるときににぎる同い年の子の手の感触ではない。なにかの機会にふれる父や母の手の感触でもない。学校の制服を着たお姉さんの手の感触でもない。お化粧品の匂いのする奥さまの手の、しなやかな皮膚と弾力は、イクをうっとりさせた。雪乃と手をつないで歩きはじめた。

(同じ組の子と、出会わへんやろか)

同級生とすれちがうことをイクは願う。

(そしたら、きっと雪乃さんがお母さんやと思《お》もわれる)

つかのまでも、そうまちがわれたらどんなにすてきだろう。イクは願うのである。

小学校低学年の子供にとっては、母親が若くきれいなことは、勉学優秀と競《せ》るほど自慢であり自信である。柏木優子は大正生まれで、イクの同級生の母親たちの平均年齢より、一回りほど年をとっていた。そしてひどい出っ歯である。優子といっしょにいるところを商店街で見かけた同級の男子からイクは「こいつのお母さん、イヤミそっくりやど」と翌日に教室で大笑いされた。

「あんたのお母さん、きれいやなあ」と同級生のだれかから言われる空想をして、イクは大河内医院で手当てをしてもらった。終わったあと、雪乃はカルミンをビーズの縫い込まれたビロードのハンドバッグから取り出して、イクにくれた。犬に咬まれたという恥辱は、カルミンのハッカですーっと薄らいだ。

＊

トンに咬まれたことも、大河内医院に行ったことも、すぐに鼎と優子の知るところとなった。小二と手をつないだ愛妻が病院へ向かうのを見送った達司は、すぐに、つい最近引いたばかりの電話で、電話帳にある柏木鼎の番号にかけたからである。

鼎は割れなかった。トンの咬み癖には彼も困りきっていたのである。前の家の近くをうろついていたのを鼎が手なずけたものの、そのときにすでに怒りっぽく陰険な性質ができあがっていたトンは、引っ越ししてから、あちこちで人を咬んだ。よくない性質に横暴さが加わったというより、前の家は山中にあったので、咬む相手があたりにいなかっただけだったのかもしれない。

鑑札のついた首輪をさせているわけでなし、鎖につないでいるわけでなし、散歩をさせているわけでなし、もはや「飼っている」とは言えない状態になっていたが、鼎にだけは従順なので、咬傷沙汰のたびに鼎は被害者に菓子折りを持って詫びに行っていた。

「うへへぇ、トンに咬まれたとはなあ」

優子は、包帯の巻かれたイクの大腿を指さして笑った。

「うへへぇ、それは一生傷や」

カルミン　明治製菓。1921年より発売綿飴が口内でへなへな溶けるように笑うことが優子にはよくある。彼女の最たる特徴といってもよい。大笑いするのではない。別のことを考えながら適当に笑っているような笑い方だ。

「いっしょうきず？　いっしょうきずて、何？」

イクは母に訊いた。

「一生消えへん傷のことや。あんたの脚には、咬まれた痕《あと》が一生残るわ」

そう言って、うへへぇ、と笑う。

（なにがおかしいんやろう？）

犬の歯形がスタンプのようにつくのがおかしいのだろうか。トンの記念になるからおかしいのだろうか。母が笑うとき、いったいなにがおかしいのか、かいもくわからず、あまりのふしぎさに気味が悪くなることがあった。

後年、昭和が終わるころに、イクは考えることになる。小二の自分は実母に、なにがおかしいのかと、なぜ問えなかったのだろうと。怖かったからだろう。なにがおかしいのかと問えば、さらに気味の悪い答えが待ち受けているような予感がして怖かったのだろう。

モンゴメリに預けられていた宣教師館には古めかしい聖画カードがあった。イエス様の胸に光るハート型が描いてあるものがあり、幼児にはコルクで作ってあるように見えた。人間の体内にはコルクのハート型のものがあるのだとは思わなかったが、あるような感触がした。

口から手を奥深くに入れて、そのハート型のコルクをすぽんと抜く……。たとえれば、こんなかんじになることが、優子にはときどきあった。実母がそうなることは、十歳未満の者にとっては不気味なことであったのだろう。

＊＊＊

イクを咬んで半月ほどすると、トンはぱたりとすがたを見せなくなった。

イクが母とともに、琴先生に歳暮を届けに行ったのは、咬まれてから一月《ひとつき》余ののちである。

「そういや、おたくの犬が、よう人を咬みよるて、困ってはらへんどしたかいな」

「飼《こ》うてるとまではいかん犬どすけど……」

こんなときである。母が「うへへぇ」と笑うのは。

「ごはんの残りもんの整理に飼《こ》うてるようなもんどすわ」

トンのすがたを見かけないことにさえ優子は気づいていない。が、イクとて、咬まれていなかったらそうだったろう。咬まれたからトンを警戒し、警戒するからすがたが見えないことに気づいていたのである。

「トンな、いよらへんようになったん」

イクは琴先生に言った。

「ほな、やっぱり、あの犬とちがうやろかな……」

琴先生の近くに住む小学三年の男児が、黒い犬に咬まれた。父親は市会議員である。議員は息子を襲った犬を納屋に追い込んで閉じ込め、首輪をしていないことを窓から確かめると、語気を荒らげて保健所に電話した。所員がかけつけ、犬は連れていかれたという。

「いやあ、そうどすか、そんなことがあったんどしたら、そら、そうかもしれませんわ……」

母は琴先生宅を辞去し、27インチの自転車のハンドルに手をかけて迷った。

「どうしたもんやろか。トンのはなし、あんたのお父さんに言うたほうがええもんやろか……」

報《しら》せて父が割れたらと、母も心配しているのだ。母の心配はイクにもわがことのように思われる。

「琴先生に言うてもろたら？」

久村達司がしたように電話をかけて言ってもらえばどうか。小二の浅知恵だった。琴先生宅には電話はなく、よほどの急用のさいに「ことぶき湯」で借りているというのに。

「そやな……」

そしてまた「うへへぇ」である。母の「うへへぇ」は、珍妙で、そして孤独な笑い方である。

結局、母は市会議員子息の咬傷事件を父につたえた。

「そら、それはトンやろ。ついにそういうことになりよったか」

夕食を終えた樫のテーブルに片肘をつき、ひとりごとのように父は言った。

＊

久村達司が部下と犬とともに訪れたのは、同夜、かなり更けてからである。

「うちの会社のもんで、犬を飼《こ》うとりますんが、さっきうちに来ましてなあ。仔犬いらんかて、車で持って来《き》てくれよりましたんどすわ」

達司の声は穏やかだが、よく通る。夜の訪問者はだれなのかと、二階の自室から階段の踊り場まで出たイクにも聞こえた。

「五匹生まれよったんどすわ。しばらくはうち家《ねえ》で母犬の乳《ちち》吸わせてまして、今日あたりもうええやろと、前から約束のあった三匹を、昼のうちに配ってまわりましたんや」

達司の部下の声はさらに大きい。

「やっぱり、おんた〈雄〉が人気ありまして、めんた〈雌〉が二匹残って、久村部長にどうやて電話したら、もろてくれはるいうんで、持って来《こ》さしてもらいましてん」

「二匹、いよりますさかいな、そや、せんせとこ、どうやろ思《お》もて。あの怖い黒い犬はいようになったて、回覧板持って来てもろたときイクちゃんから聞いたてうちのんが言うてましたさかい……。もちろん無理にどうのというはなしやおへんで」

父が断るわけがない。踊り場でイクは確信する。

「無理にどころか、犬ならぜひ飼いたいですよ」

思ったとおり、父の声は機嫌よさげだ。

「連れて来ましたさかい、まあ、まずは見とおくれやすな」

見たい。イクは階段をかけおりた。トンに咬まれても、犬という動物への反感は形成されなかった。

「あ、イクちゃん、こんばんは」

「こんばんは」

お辞儀をしたあと、興味津々で玄関ホールに下りたが、そこにいたのは仔犬ではなかった。

「キツネや」

思わず出たイクの発言に、三人の大人の男のうち、だれよりも父がほがらかに大きく笑った。

「あっはっはっは。そやな、キツネみたいやな」

「へえ、ポチを散歩させてると、見た人からいっつも、あっ、キツネや、て言われますわ」

実物のキツネをイクは見たことはなかったが、絵本に描かれているキツネの外観のようなポチは、周囲が笑っているのを察して、尻尾をぱたぱたふった。

（変わった犬や。猫みたいや）

イクは思った。はじめに接触した犬と猫がトンとシャアであったので、「犬は人になつかない」「猫は人なつこい」という、概《おおむ》ねの世間とは逆の分類がなされている。

「ポチ、ポチ、こんにちは」

腰をまげて呼びかけるとポチはもっと尻尾をふり、イクの膝に前両肢をかける。

耳はキツネや和犬のように立耳だが、目はつっておらず、くりくりとまるい。

「那智黒《なちぐろ》みたいや」

来客がときどき手土産によこす黒飴にポチの目をたとえると、

「ほんまやな、那智黒みたいやな」

また父はほがらかに笑った。

「ほな、ここに持って来まひょか。車の中は狭いし暗いでっさかいな」

そして、達司の部下は段ボールを軽量トラックから運んできた。イクよりも父がまっさきに中をのぞきこんだ。

二匹の仔犬が箱の中でコロコロ動いている。

「ほほう、かわいいですなあ、なあ」

父は、ポチの飼い主と達司、それぞれに顔を向けて言い、

「見てみ、イク」

イクのために場所をあけた。

イクは箱の前でしゃがんだ。

仔犬の口吻はまだ低く、丸顔だ。全身もぽってりとして、そのぽってりとした胴体に短い四肢がついている。一匹は、母犬ポチと同じ、焦《こ》んがり焼いたトーストくらいのキツネ色。もう一匹は、少し白みがかっている。

(きな粉が動いとるみたいや)

きな粉をまぶしたふかふかのパンが動いているような仔犬である。

「ほなな、イクちゃんが選び。イクちゃん、どっちが好きや?」

久村達司の提案がイクの頭上からなされた。

「こっち」

ふだんならイクは父の機嫌を損なわないかどうかを先に考えるが、仔犬のあまりの愛らしさに、すぐにきな粉を指さした。短い前肢を段ボールの縁《へり》に必死にかけてイクのほうに顔を上げたからだ。

「あ……」

きな粉を指さしてから、父がそばにいることを思い出し、ぎくっとなった。だが父は、

「そうか、じゃあ、そうしよう」

やさしく肯いた。

「じゃあ、久村さん、うちがこっちの仔犬をいただいてよろしいですか？」

「どうぞどうぞ。うちは犬を飼《こ》うたことおへんさかいな、選べ言われたかて正直なはなし、どっちかてよいんですわ」

「よかったですわ、こんなに即決で」

達司もポチ飼い主も気をよくして帰っていった。玄関にはきな粉パンがふっくら残った。

「抱いてもよい？」

「ほらよいがな」

父はイクにきな粉を抱かせた。

干した藁に似た仔犬の体臭が鼻孔に流れてきた。

「名前はペーにしたらどうやろ」

こんどはイクは、それなりに気をつけながら提案した。

「それはいい。じつによいネーミングだ」

提案したイクがびっくりするほど父は機嫌よく同意した。

「いい名前や。ペーみたいに賢い犬になりよる」

ペー、ペー。さっそく父は仔犬を呼んだ。ペー、ペー。イクも呼んだ。

鼎が子を褒めるのは珍しいことだった。珍しくて、師走のその夜は、就寝のために柏木家の灯が消えたころより大雨になった。雷まで鳴った。

＊＊＊

キツネ色のほうの仔犬を持ち帰った久村達司であったが、やがてその仔ギツネを、香良からは離れた町に住む兄にやってしまった。達司はそう父に話した。

「ほんまにかわいらしい犬で、わたしらは飼いたかったんやけど、犬の毛《けえ》が、うちのんの喉に悪いらしいて……」

ペーを連れて父とイクが、大河内医院のそばの道を歩いていると、雪乃に付き添った達司と出会ったのだ。

「犬て早《は》よ、大きいなりよるんやなあ」

犬の体は半年でほぼ成犬のサイズになる。ペーは母犬同様に中型犬であったが、小学生のイクと並ぶと大きく見える。

「イクちゃんは元気やさかい、大きいなったそのこを、かわいがったりな」

「はい」

お辞儀をするイクに、雪乃はカルミンの包みをやぶって一つくれた。

「さあ、ここらで鎖をはずしてやろう」

新しい家がまた建つらしい整地まで来ると、ペーの首輪から鎖をはずした。トンとちがい、ペーにはちゃんと首輪をさせ、予防注射もすんでいる。

「いっしょに走って遊んでやるとよい」

寒いから先に帰ると父は言い、イクに鎖をわたすと背中を丸めて来た道をもどって行った。

「ほな、ペー、こっちや」

イクはかぶっていた毛糸の帽子を脱ぎ、ペーにちらつかせ整地を駆けた。帽子にはボンボンがついている。鎖もじゃらじゃらと音をたてる。ペーはうれしそうにイクを追いかけてきた。

ペーは母犬ポチより毛色は白みがかっていたが、顔つきはそっくりで、那智黒飴のような目をしている。耳介は柴や甲斐《かい》ほどの大きさだが、キッとした立ち耳ではなく、半分立ち、半分垂れている。垂れたほうを、イクはよくひとさし指と親指ではさみ、ひらひらしたさわりごこちをたのしむ。

「ペー、明日は雪が降るかなあ。雪が降って積もったら、いっしょに雪合戦しよな。かまくら作れたらええな。かまくら作れたら、ペーを中に入れたるわな」

「アルプスには遭難しはった人を助けるセントバーナードていう犬がいよるんやで。その犬はな、首のとこに、小さい樽をぶらさげとるの。ペー、クイズやで。樽には何が入っているでしょう」

「考えや、ペー。答え、わかった？　そや。合《お》うたる。ブランデーや。寒いさかい、遭難してはった人が、それで温《ぬく》とまらはるんや」

ペーにしゃべりかけながら、イクは道を歩く。

「遭難した、助けて、ペー。ブランデー飲ませて、ペー」

空想のアルプス山脈で、空想のセントバーナードにまたがる。べちゃっと地面におしつぶされた中型犬は、迷惑そうに小学生の体の下から這い出る。

鎖は手首に巻き付けたままで、ペーの首輪とはつながっていない。つながずともペーはイクについてくる。トンとちがいめったに吠えない。ほかの犬とすれちがってもトンのように唸って喧嘩をしかけないし、といって怯えることもない。よちよち歩きの幼児や来客がいきなりさわってもじっとしている。しかし、家人以外にはなつかない。

ペーと二人で歩いていると、木の燃える匂いがしてきた。

「焚き火をしてはるんやろかな、ペー」

足下のペーのほうに顔を向けたとき、ぽんと何かがペーの前に落ちた。

「焼き芋や。犬、食べよらへんか」

カーディガンを羽織った看護婦さんが言った。焼き芋は大河内医院の裏手から投げられたのだった。

「ペー、焼き芋やて。食べる？」

イクは拾って、ペーの鼻先に寄せたが、ペーは匂いを嗅いだだけで食べなかった。

「寒いやろ、こっち来《き》いな。焚き火してんねん。手《て》ぇ、あぶり」

大河内医院はコンパクトながら、コンパクトに入院棟もあり、その棟の裏手の、ブロック塀で囲われた一角はベンチが置かれて、入院患者さんや病院の職員さんの談話場所のようになっている。

「来《き》い、来《き》い」

「大きい犬を連れてるんやなあ。わたしらが撫でてもどうもないか」

ジャンパーを着たおじさんやオーバーコートをはおったおばさんも手招きをするので、イクはペーの首輪に鎖をはめ、鎖をひいてブロック塀の囲みまで行った。

「大きいけどかいらしい顔しとるやっちゃ」

風が防がれ、そこはほのあたたかかった。集まっていた三、四人はかわるがわるにペーをなでたが、ペーはおとなしくしているだけで愛想をふりまかないので、彼らの興味をすぐに失《う》せさせた。

「あんた、さっき、何かもろてたやろ？」

オーバーコートのおばさんからイクは訊かれた。

「はい……？」

なぜ知ってるのだろう、という顔をしたのかオーバーコートは、先刻、雪乃とイクが向かい合っていたそばを自転車で通りすぎたのだと言った。

「なにもろた？」

「カルミン……」

「食べたか？」

「食べました」

「そうか、これからは、あの人から何かもろたかて食べたらあかんで。あの人らの家の前を通るときは息とめてえや」

「……」

「あの人、結核やさかい」

「……」

結核患者のいる家の付近を通過するさいには息をとめよという迷信が、かつてはあったのである。ストレプトマイシンも普及し、ビートルズも来日公演を終えたのに、迷信は香良規模の町には温存されていた。

「またもう、そんなこと言うて。久村さんの奥さんは蒲柳《ほりゅう》の質で、気管支炎なだけや」

看護婦さんはオーバーコートを制すると、腕時計を見て医院の建物の中へもどった。

「結核はなおったかもしれんけど、ああいう人は油断できひん」

「ごっつうべっぴんやないか」

「そやから、油断できひんて言うてやるんやろ、こん人は」

焚き火に当たりながら、おっさんとおばさんたちは、久村達司と雪乃の噂をした。

綿糸会社社員は幼いころより首に小さな瘤があった。母親と兄は気遣い庇《かば》ってやっていたが、本人はさほど気にすることもなく、甲種合格で入隊し、外地に赴く前に終戦を迎え、やもめ暮らしをしていた。

京都の病院で瘤を切除する手術を受けようかと通っていたときに、子供を入院させていた雪乃と知り合った。十七で産んだ非嫡出子は心臓弁膜症で、治療の甲斐なく死んだ。

これだけの事実である。病気だったのは雪乃の子であって雪乃ではない。病巣部位も肺ではなく心臓だ。だが正しい事実はえてしてして広まらず、噂は暗い尾ひれをつけて広まる。

「父無し子を孕《はら》みよった女を、その父無し子もいっしょにもろてけつかる」「コブつきの男がコブつきの女をこましよった」。真実より、偽《うそ》であっても暗い尾ひれの部分を好んで噂する人は、世の中に多い。そういう嗜好の人が、柏木鼎のことも、

「あんなけったいな家に住む人は、シベリアで赤の洗脳をされてクルクルパーにならはったんやろな」

と噂した。イクが「焚き火をありがとう」とブロックの囲いから離れ、ペーを連れてけったいな家のほうへ帰っていくと。

その家の灯は、窓から外の通りへ何色に洩れていたのであろう。

＊＊＊

噂といえば……。

そういえば父は赤いウインナーソーセージが嫌いだった。

「赤いウインナーはカンガルーの肉で作ってあるという噂や」

そう言って、あの、ひとつ入っているだけでたちまち、子供たちの弁当を豪華にしてくれる真っ赤なソーセージを、決して口にしようとしなかった。

赤いウインナーがカンガルーの肉で作ってあるというのは、噂なのか、それとも父の、あの真っ赤さに対する嫌悪なのか、小学生は、けったいな家の絶対的支配者に問うことはできなかった。

ずっと後年に、会社の上司に問うたことがある。

「子供をからかったんだよ」と、鼎より十歳若い父親を持つ、イクより十歳年上の上司は笑った。「カンガルーの肉なんて、日本で入手することが難しいじゃないか。小学生のきみをからかったんだよ」と。「ユーモラスなパパだね」と。

「そうですね」とイクは上司に肯いた。たしかに聞きようによってはユーモラスだ。

カンガルーのアクセントはどこにあるのだろうと気になり、英和辞典をひくと、【kàngaróo】が訳されていた。「袋鼠《ふくろねずみ》」。「たのしい訳だ」と上司はもっと笑った。だがイクは、気味の悪い訳だと思った。父はシベリアで辛酸を舐《な》めたのであろう。

インベーダー

よそから来るの《インベーダー》は悪ものである……、この感覚は、人に生来備わっているものだろうか。答えはともかくも、見慣れぬ様式は新鮮とは捉えず低級と捉える感覚は、地位を獲得した人に確実に備わる。

新しい方法で攻められれば怯える。新しい感覚のほとばしりに怯える。この反応は、自分が獲得した地位への脅かしに対する敏感さでもある。敏感ゆえに、その怯えはヒステリックな攻撃になることもある。

よそから来て領地を広げようとするものは、必然的に、前からそこにいる者の領地をインベードすることになる。とくに、前からそこにいる者たちの上部層の領地を。

よそから来た者が、清き若き正義漢だとは限らない。そのやり方は、おうおうにして荒々しく暴力的である。だが前からそこにいる者たちもまた、典雅なる智者とも限らない。ヒステリックな防御と排斥に出ることもある。

犬が欲しけりゃ　東京畜犬
世界の犬が待ってます

東京畜犬は、こんなCMソングをさかんにTVに流していた。そんなころのはなしである。

＊＊＊

犬の足というのは存外に長い。かれらがいつも地面につけている部分はつまさきである。四指の先をつけている。親指は後肢だと退化しているが、前肢にはちゃんと肉球とともにある。親指の上方に、ちょっと曲がったところがある。膝ではない。ここが踵《かかと》である。

この膝に見えなくもない親指からつまさきまでが犬の足なのである。獲物を追って速く走るべく進化していったかれらは、つねにつまさきで立っている。

成犬になったペーは、きな粉色の被毛だ。が、左の前肢と右の後肢のつ、ま、さ、き、だけは真っ白である。体高四十五センチ、体重十八キロ。紀州犬、ボーダーコリー、甲斐犬あたりの中型サイズの雌の雑種である。

ペーを連れてイクが歩いていると、低学年のころはすれちがう人から「大きい犬を連れてるんやね」と言われたものだが、高学年になってイクの身体が大きくなると言われなくなった。この冬を越せば六年になる。

祝日の昼下がり。空は晴れていた。

稲がすべて短く刈られ、原っぱ然とした田んぼを、イクはペーと歩いている。刈り口を真上から踏むと、むき、と稲が広がる。むき、むき、むき。靴のゴム底からつたわってくる感触。刈り口を狙って踏むことで、母の言ったことから注意を逸らせる。

広めの畦道《あぜみち》と畦道が交差路のようになったところにゴミがたまっているところがある。農作業に来た田んぼの持ち主たちのゴミ捨て場である。

「ここでええかな？」

ペーに訊く。イクは牛を捨てようとしている。紙粘土と呼ばれる白い粘土を素材にした牛だ。学校の図画工作の授業で作った。まず社会科授業として畜産場を見学し、見てきた牛を粘土で作るというものであった。動物をじーっと見ているのが好きだったイクは、見てきたようにすわって草を食《は》む牛を作った。それがよかったのか秋の滋賀県美術展に入選し銀賞をとった。

展覧会期間が終了すると、返しに届けてくれた実行委員は「銀賞なんやからだいじにとっとかんとあかんで」と言ってくれたが、同日の夕刻に帰宅した母は、見るなり、「なんや、こんなもん。牛の雄々しさが全然出たらへん」と言った。イクはがっかりするのを通り越して、すまないと思った。母をまた不愉快にさせてしまったと。

　それでペーと相談した。「どうしたら怒られんようになるやろ」「うんとな……、うんとな……、そや、見えへんようにしたらええんとちがうか？　牛を見えへんとこに隠してしもたら、もう牛については何にも言われへんようになるで」「そやな、ペー。そやな……。捨てたらええな。そしたら私もペーも牛のことを思い出さんですむしな」「気に入らんもんはいいひんようにしといたらええな」「ほな、ペー、捨てにいくさかい、いっしょに来てんか」。相談した結果——といっても、ペーの発言もイクがするのだが——捨てることに決まったので、捨てる場所をさがして歩いていたのだ。

「名前を消しとかなあかん」

　パサパサした雑草の中から小石の、できるだけ尖ったものを拾って、粘土板に貼られた学校名と名前の書かれた紙を削り取った。

「ほな、さいなら」

　粘土板ごとゴミ捨て場に捨てた。銀賞のしるしである銀色の光る紙がぴかっと陽光を撥ねた。

「どーもすみません」

　イクとペーは二人でゴミ捨て場に向かって言い、さっと背を向けると二人で走った。

　通学路のほうまで走ってくると、スカートをはいた三、四人がビニールボールで遊んで

「**どーもすみません**」　林家三平の流行語

いる。

「アタークッ」

「レシーブ」

にぎりこぶしでボールを空に向けて弾《はじ》いては、歓声をあげる。中に、長い髪を一本の三つ編みにして大きなリボンをつけた子がいる。

（ショーちゃん）

跳んだり跳ねたりすると鞭《むち》のようにしなうヘアスタイルでわかる。大河内祥子。テーコケーコショーコのショーコ。大河内医院の慶子と祥子の姉妹はそろって母親の燈子《テーコ》に似ており、三人とも名前に長音が入る。姉慶子はイクより一学年上、妹祥子はイクより一学年下だ。

パスしそこなわれたボールがころがってくる。ペーが走ってゆく。

「あ、イクちゃん」

塩化ビニールの柔らかいボールを追ってきた祥子がイクに気づいた。祥子はペーを見た。

「あんたんとこの〈あなたのところの〉犬は、白足袋を履《は》いとおるさかい、二流の犬や」

ペーのようにつまさきの部分の被毛だけが白い犬がたまにいる。こういう犬を「白足袋を履いた犬」といって血筋の芳《かんば》しくない犬だとするらしい。ある時代までの風説だったのか、遺伝学的に根拠のあるものなのか、それとも大河内医院の姉妹の周囲にいる大人だけの考えだったのか不明だが、祥子はボールを嗅ぐペーを指さした。

「ううん。元気やで」

イクは言った。イクの周囲にいる大人たちが久村雪乃にかぶせる「蒲柳の質」という表現をうろおぼえしていて、「ニリュウ」と「ホリュウ」を混同したのだ。大河内医院では犬も猫も飼っていないから、吠えない静かなペーは元気がないように映るのだろうと。

「へえ、元気な二流なんや」

祥子も「二流」ということばを、よくはわかっていない。

「ケーちゃんは？　お母さんは？」

テーコケーコショーコは三人でいるのが常態である。

「セーラー服の寸法を測りに、お母ちゃんとカツニシさんへ行かはった」

洋品店にテーコケーコで制服採寸に行ったのは、慶子が、春になれば中学生になるからである。

「わたしは、あの人達《らあ》とバレーボールをしてたん」

祥子がふりむくと、バレーボールをしていた「あの人達《らあ》」が、祥子とイクのいるほうへ駆けてきた。

二人は子供で、一人だけ大人だった。大人の顔をイクは知っている。以前、ペーに焼き芋を投げてくれた看護婦さんだ。

「あ、犬や」

「犬がいよる。咬みよらへん？」

子供が訊く。

「どもない。この犬な、大人《おとな》し、賢い犬や」

答えたのは大人の看護婦さん。

「な？」

イクに同意を求める。

「はい、そうです」

イクはかしこまる。看護婦さんがきれいだからである。

アイラインをひいたぱっちりした瞳、口紅で染めたハート型のくちびる、皮脂くずれしていないファンデーション。彼女は「おつとめをしている二十代の女性」がほどこす、きわめて平均的な化粧をしていた。ただ口紅の色が赤だった。そして髪の毛を焦げ茶色に染めていた。それは水曜の夜九時に『インベーダー』が放映されていた時代の、滋賀県の、人口三万余の香良市では、きょうれつに人目を引くことであった。「オーコーチには厚化粧した毛《けえ》の茶色い看護婦がいよる」という誹《そし》りが、香良市立北小学校には流れている。予防接種に同行してくる彼女は、校内の大勢の大人と子供に見られるのだ。

だが凡《およ》そ誹りは、他とはきわだつゆえになされるのである。焦げ茶色のヘアカラーと赤い口紅は、目鼻だちのはっきりした顔に映え、だから目立ったのである。彼女はスザンヌ・プレシェットに似ていた。

「あんたも交じりいな、いっしょにバレーボールしよよ」

栗色の髪の、かっこいい大人のスザンヌはイクを誘ってくれた。

「はい。します」

「ほなイクちゃん。連れてるこの二流の犬をどっかに繋いどかなあかん。鎖はどこにあるん？」

祥子が田んぼの四方を見る。

「あらへん」

粘土の牛を両手で持っていたので、鎖はつけずにペーと歩いていたイクであった。

「ペー、先に家に帰ってて」

しゃがんで頭を撫でる。【ｉｅ】という音声を聞いた耳がぴくりと動き、那智黒の目がイクを見る。

「家」

イクは数反の田んぼの先のほうを指さした。白足袋を履いた犬は踵《きびす》を返して駆けていった。祥子が瞠目のまなざしを、二流犬と飼い主に注いだのを、飼い主本人は気づかず、四人にまじってボールをつきあった。

スザンヌ・プレシェット　アメリカの女優。青春映画で人気を博した。TVドラマ『インベーダー』にも出演

＊＊＊

そのあとミルクコーヒーを飲んだのは、大河内医院の自宅の居間である。

仮縫いをすませてカツニシ洋品店からもどった姉慶子がカップのネスカフェ顆粒に熱湯を注ぎ、妹祥子がクリープをいれてかきまぜ、母燈子がイクの前に出してくれた。

「飲みぃ」

そう言ってくれたのは父のドクター・オーコーチである。

「本日休診」の医院の自宅居間にはふとんを取り外したホームコタツがあり、テーコケーコショーコが「コ」の字に父を囲んでいる。イクは祥子と同じ一隅にすわっている。

「ありがとう」

大河内の一家がカップに手をつけるのを待って、イクもコーヒーを飲んだ。

「そや、これ」

角砂糖の容器を、燈子がイクに近づけようとした。

「い、いいです」

クリープが入っているので、コーヒーはほの甘い。

「へえ、イクちゃんは砂糖を入れんとコーヒーが飲めるんか、すごいな」

ホームコタツ　櫓ごたつ

偉い。しっかりしている。砂糖を入れないインスタントコーヒーを飲んでいるだけで、ドクターから過分な評価をされ、イクの胸はカップのコーヒーより熱くなる。

「どうしたん？　コーヒーが息のほうに入ったん？　咳出そうなんちがう？　目《めえ》に涙が溜《た》まったあるで」

燈子に訊かれ、

「う、う……うん」

嘘の咳をしておいた。本当はうれしくて泣きそうになったのだ。

ホームコタツ、畳、座布団、ポット、日めくり……。家の中で褒められるということが、イクにはない。不慣れでどぎまぎして、でも、うれしくてうれしくて泣きそうになったのだった。

新町は新興住宅地だから大河内医院も、新しい病院である。「医院」の「医」は、あの怖ろしげな「醫」の旧字ではない。自宅の茶の間に置かれているのも五年以内に購入した家具や食器や雑貨である。

明るい居間だった。

急須、急須敷き、新聞ラック、襖……。明るい居間にあるものはみな新しくきれいだ。お父さんとお母さんも。

後年に計算すれば、このとき大河内医師は40歳、燈子は38歳であった。12歳の長子の父母としては平均的な年齢なのだが、まるでケーコショーコの兄と姉のように大河内夫妻は若く見えた。両親と同席していると、祖父母と同席している孫だとみなされるのが常だったイクには。

「イクちゃんとこ、犬を飼《こ》うてはるの。なあ、うちとこでも犬を飼《か》およ」

祥子はドクターの背中におぶさるようにしてねだる。

「なあ、お父ちゃん、犬、飼お」

「犬な。そやな、犬な……。犬はワンワンと言いよるな」

背中から胸にのびた祥子の腕を、ドクターはぽんぽんとたたいてきとうに受け答える。

「あはは、お父ちゃん、なんや、それ」

慶子がスプーンでドクターのカップをちんちんと叩く。

「ワンワンと吠えよるんやろ、いややわあ、犬はしゃべりよらへんわ。なあ、イクちゃん」

燈子がイクにココナッツサブレを盛った器を近寄せてくれたが、サブレに手をつけることなく、イクは明るい茶の間に瞠目《どうもく》していた。

ドクターが外出の用で茶の間から出てゆくと、慶子がTVをつけた。ワイドショーが観光地の滝と燃える紅葉を映した。

「きれいなとこやなあ」

イクは画面にあらわれた明媚に感心する。テーコケーコショーコの居間のＴＶはカラーなのである。

「そうかあ？　ただの田舎やんか」

慶子はちらと画面を見て、がちゃがちゃとチャンネルを回し、カートゥーンが出ると、

「ショーちゃん、漫画やで」

ホームコタツにもどった。

「あ、ほんまや。めずらし漫画やな、英語が出たる」

ライオンではなく猫がにゃーごにゃーごと啼いて始まるＭＧＭ製作のカートゥーンに、母燈子が興味を示した。

「外国の漫画やな。ショーちゃん、この漫画、何や？」

「知らん。見たことあるけど、ちゃんと見たことない。イクちゃん、この漫画知ってる？」

（これを見たことがない人がいるのか……）

タイトルを答える前にイクは息を呑んだ。なんども再放送されているこの猫と鼠のカートゥーンは、見るたびにイクの全身を、怒りでみなぎらせてきたのである。

「私、この漫画が大……」

大嫌いだと言いかけた。だがイクの声は通りにくく、主題歌が大きくうたわれはじめた

のでかき消された。

「仲良く喧嘩しな、やて」

「どうやって喧嘩したらええんや」

「おもしろい歌やなあ」

そろって画面のほうを向いているテーコケーコショーコのわきで、

（よし！）

イクはこぶしをにぎった。

援軍がようやく到着してくれた思いがしたのだ。

イクはこの漫画が嫌いなのではなく、この漫画に出てくる鼠が大嫌いである。盗み食いや失敗やいたずらをぜんぶ猫のせいにする。おかげで猫は、足だけ見える主人からこっぴどく叱られる。叱られている猫を遠くから高笑いしてながめ、怒った猫が捕まえようとしても、すばしっこく逃げおおせ、めずらしく捕まれば、そらぞらしい声音で謝り、そらぞらしく下手に出る。卑しい豹変を、これっぽっちも躊躇わない。相手の慈悲心や親切心に裏切りで報いる。なんといまいましいねず公。なんと哀れな猫。見るたびにイクはいつも一人で地団駄を踏んでいた。「ムカムカッと腹がたつ」という主題歌のとおりに。

「あの猫が努力していることを、どうかどうか天の神様が見ていてくれはりますように」と、自宅の玄関の『小さき祈り』の絵皿の前で、ひざまずいて真剣に祈ったことさえある。

「お母ちゃん、あれ、なに？」

慶子が燈子に訊いた。

エメンタールチーズの穴に鼠が入り込んでいる場面だ。

セル画の枚数が日本製のものより数段多いアメリカ製のカートゥーンは、水中で藻がゆれるように猫と鼠の動作を表現する。

「チーズの中に鼠が隠れとるんやね」

「そやけど、穴がいっぱいあいたるやんか」

「なんでチーズにこんなに穴があいたるの？」

このカートゥーンをはじめて見たころにイクがふしぎに思ったことと同じことを、テーコケーコショーコも言う。

「外国のチーズは変わったるなあ」

イクは言った。

「ほんまや」

「ほんまに」

「ほんま、けったいや」

テーコケーコショーコからトリオで賛同を得た。自分の気持ちをわかちあえる相手がいる、このうれしさ。

（味方ができた）

今日こそ。今日こそ、これまで一人ではらわたを煮えくり返らせていた怒りを複数で共有できる。今日こそ、画面の外からとはいえ、あのいまいましいねず公を懲らしめてやれる。そう思い、イクの頬は紅潮する。

画面では、いつものように鼠が狡猾にたちまわり、猫がしてやられている。パイが顔にぶつけられる、なにをと、猫もぶつけ返そうとする。

「がんばれ……」

もうひとりぼっちではない。今日こそ、みんなで猫を応援できる。わくわくしたイクの口が、猫の名前を大きく発しかけたとき、

「きゃーっ」

慶子が歓声をあげた。

「かわいい、あのちび」

鼠を指さしている。

「うん、かわいい、きゃーっ」

「ほんまや、あのちび、かわいい、きゃーっ」

祥子と燈子も歓声。かわいいという形容詞が三連発される。

「ちび、逃げえ」

「ちび、おもしろい、やれ」

「ちび、行けえ」

ちび、ちびと連呼される。

「あんな猫、やっつけてしもたれ、ちび」

三女性は完全に鼠の味方だった。

「サーッと血が下がる」という感触を、この日この時、イクは如実に体験した。

（なんでや？）

すわ味方を得たとよろこびでにぎったこぶしに、さらに力が入る。

（このねず公のどこがかわいいていうんや。こまっしゃくれて狡《ずる》い嘘つきの鼠のどこが）

残念無念さに、こぶしがぷるぷるとふるえる。枚数の多いセル画の動きのように細かく。

物語りのすじが頭に入らなくなった。番組が終わったところで、

「帰るわ」

不意にイクは辞去した。

おもては小雨になっていた。

＊

大河内医院の勝手口から、帰り道に向かって敷地を歩いていくと、途中で声をかけられた。

「あれ、帰るのん？」

ブロックで囲まれた談話所で、看護婦さんのスザンヌ・プレシェットは、たばこを吸っていた。均整のとれた肢体が、喫煙しやすいポーズをとっているためS字にくびれ、近代映画社の洋画雑誌のグラビア写真のようにかっこいい。

「あの……」

イクはスザンヌのほうに行った。

「あの、テレビでやってる外国の漫画で、猫と鼠が出てくる……」

先刻にいっしょにバレーボール遊びをしただけで、子供ではない「大人の女の人」に、カートゥーンについて話しかけられたのは、「この人なら」と強く期待したからである。

「こんなかっこいいセンスの大人の女の人なら」と。「この人だったらわかってくれる」と。

「うん、知ってるで。なっかよーく喧嘩しな、やろ」

「そう。そうです。あの漫画の、あの漫画の……」

いよいよスピーチの番がまわってきた何かの式典の末席の来賓のように、イクはスザンヌに訊いた。主人公二人のどちらが好きかと。

「ほら、おちびちゃんのほうに決まったるやんか。かわいいもん」

ねず公が選ばれた。

「ええっ」

「サーッと血が下がる」という感触の如実な体験の二回目だ。たちどころの撃沈だ。

「なんで？　あの漫画がどうかしたん？」

「……う、ううん。なんでもないです……。た、たまたま、さっきケーちゃんショーちゃんとこでテレビで見てたさかい……」

小雨の中をイクは帰った。

「ぺー」

門から名を呼ぶと、白足袋を履いた二流の犬が駆けてきた。

「なんにも悪いことしとらへんのにな。しよったんは、あのちびやのにな」

アメリカの哀れな猫を想ってぎゅうぎゅうとイクが抱きしめるので、ぺーは苦しそうに体を反らせた。

＊＊＊

近所の子供の来訪をフレンドリーに歓迎する若々しい父母。父母という高位者にフランクに話しかけられる愛らしい姉妹。

イクにはサングラスをしたくなるほど明るい大河内ファミリーが、東京畜犬から犬を買った。

「大河内医院さんとこ、すごい名犬を買わはったで」

回覧板よりはやく噂は町内に広まった。

「そらごうぎな犬小屋を頼まれたで」

二畳ほどの犬舎を建てたのは、かつてイクを紫口から香良まで馬車に乗せてくれた馬車のおじさんである。おじさんの本職は指物師《さしものし》で、彼が母に話しているのを、イクは家の畑で聞いた。夕餉《ゆうげ》のための水菜を引き抜いていると塀代わりの並木のあいだを通って畑におじさんがやってきたのだ。

「人間がキャンプでもできそうな犬小屋や」

柱も屋根も床も立派な木材をつかい、まわりはぴかぴかの金網を張りめぐらしたそうだ。

「コリーやで。名犬や」

コリーが名犬の代名詞であった当時を後年からふりかえれば、大河内家が庭に犬舎を設けることは当然しごくのことであった。人間が靴を脱いで暮らす家屋に、禽獣を上げるなどというような発想は、当時のほとんどの日本人にはなかった。とくに家内の掃除をまかされる清潔好きな主婦には。

娘にせがまれ、「いぬーが欲しけりゃ東京畜犬」なのだとあっさり思って名犬を買い、屋外で飼うのだから犬舎が要ると、あっさり思ったにすぎない。

東京畜犬が大河内家に配送したのは、二歳の成犬のコリーであった。成犬のコリーは、香良市新町のみんなが知っている名犬の外見をしており、たちまち噂が町内をかけぬけたのである。

ほどなく、犬を見に来てと姉妹から言われ、イクは大河内家の庭に行った。

「わあ、ほんまもんのコリーや」

人気スターをライブで目にする感覚である。ＴＶや図鑑やポスターやぬいぐるみでしか見たことのない有名なすがたをした犬が、香良市の新町にほんとうにいる。

「ジェリーっていうの」

犬舎の三メートルほど前で、ケーコショーコはイクにおしえた。

「犬やけど、かわいい名前やさかい」

「お父ちゃんが好きな歌を歌《う》とてはった歌手と同じ名前やねんて」

「……。ジェリーな……」

イクは犬舎のほうへ寄ろうとし、足を一歩出した。すると大型の名犬は、小型犬のようにキャンキャンと甲高く吠えた。吠えながら舎内をクルクル走った。

「そばに寄ったらあかん」

ケーコショーコはイクの袖をひいて、自分たちの立つ位置までもどした。

「なんで？　ジェリー連れてどっかへ遊びに行こよ」

「あかん」

「なんで？　散歩はお母さんがしはるの？」

「しはらへん」

「お父さん？」

「しはらへん」

「ほな、ジェリーとはいついっしょに遊ぶの？」

「遊ばへん」

「遊ばへんの？　ほな、どうするの？」

「ここから見てるの」

大河内家において名犬は、掛軸や節句人形のように観賞するものであった。

「イクちゃん、ジェリー、見た？」

「……見た」

「ほな、ダイヤブロックかツイスターゲームしよよ」

姉妹はイクを室内に連れていった。

＊

家にもどると、鼎が帰宅していた。

父を目にするやイクは緊張のために口を固く結んだ。どこへ行っていたかと質問されたら、大河内医院。これは父の機嫌をそこねまい。そこで何をしていたかと質問されたら、ツイスターゲームと答えるのは気に障《さわ》るかもしれない、たんに室内ゲームをしたとだけ答えたほうがよいか。イクは考え、身構え、質問とその答えをひととおり頭でシミュレーションしてから、

「ただいま」

と言った。父はちらとイクを見たが、なにも言わずに朝日新聞に視線をもどした。ほっとして洗面所に行った。

「あんた、髪が……」

「ひゃっ」

父の前を無事に通過して洗面所に着いたことで一気に筋肉が弛み、さっき見たジェリーのすがたに意識が向いてしまっているところに、声をかけられたのでびっくりした。嗽《うがい》をしていた水を呑み込むところだった。

「お、おかえり」

母が鏡に映っている。

「き、今日は早いんやね」

水を口から出してふりかえる。

「あんた、髪がうっとうしいなったな」

「そうかな」

鏡のほうに向きなおり、自分を見る。そういえば前髪が眉にかかり、剛毛で覆われた頭部も全体的にもりあがっている。

「あんたはお父さんそっくりや」

「……なんかあったん？」

いやなことがあると母は「あんたはお父さんそっくりや」と言うのである。

「今日は宿直と違《ち》ごたん？」

「葬式に行ってたんや。××先生《せんせ》のお兄さんが死なはったんや」

愛猫家の同僚の実家は湖北《こほく》の山里にあり、台所にはまだ釣瓶《つるべ》で水を汲み上げる井戸があったという。

「あんな遠いとこ、行って帰ってくるだけで、疲れてしもた。お墓までみんなで行列して歩くんやで。棺桶は樽やったわ」

「樽？」

「むかし式の棺桶はな、細長い四角いんと違《ち》ごて、漬け物《も》んを漬ける樽を大きいしたみたいな樽なんや」

そこに死体をすわらせて入れ、駕籠《かご》のように前後で人が肩にかけて担いで墓地に行って土葬したのだそうだ。

「どそう……」

暗鬱なサウンドだ。

　小学生には、棺桶や死体や土葬のはなしは、優子の同僚の親族の逝去を悼む心情より、怪談やスリラー映画に接するときのような怖さが勝った。

「あんたは髪の毛が剛《こお》て、頭も大きい。あいやらしょ、あいやらしょ、後から見てると、樽の棺桶みたいや」

「あいやらしょ」というのが何なのか、イクにはわからない。「ああ、いやらしい」が短くなったものなのだろうが、学校の友達や先生や近所の人や、それに親戚のだれひとりとして、このことばを使わない。ＴＶで使っている人を見たこともない。「あいやらしょ」は母だけの口癖である。

「うへへぇ」と笑うときの母は、胸にあるハート型のコルクを喉から手を入れてすぽっと抜いたようだが、「あいやらしょ」と言うときの母は、愉快そうだ。

　自分の頭を、死んだ人を入れる樽に似ていると言われるのが、イクはいやだった。正直なところつらかった。だが、そう言う母は「あいやらしょ、あいやらしょ」と愉快そうにしている。「あいやらしょ」とは何なのだろう。わからないが、ともかくも母には悪気はないのだ。それはわかった。

＊

「あいやらしょ、コリーやがな。あんた、ちょっと見てみ、コリーが歩いとるがな」

曇り空の朝。玄関の鍵を閉めていたイクは、家の前の道で、自転車のハンドルに手をかけた母の、愉快な声をうしろから聞いた。

「えっ、ほんま?」

コリーが大河内医院のジェリーなのはまちがいないが、立派な犬舎を出て歩いているのか。びっくりしたイクは、ランドセルの中身をがちゃがちゃいわせて、アヴァンギャルドな門まで小走りした。

「あ、イクちゃん。ちょ、ちょっと……」

名犬の首輪からのびる鎖の先にはスザンヌ・プレシェットがいた。均整のとれたスザンヌのくびれた腰がよろよろしている。ジェリーは右に左に後に前に、勝手気儘《きまま》に動くからである。

「先生《せんせ》にな、散歩をさせてて、頼まれたんやけど……」

スザンヌがジェリーに散歩させられているていだ。

「ま、待ってえな〈待ってよ〉、これ、そんなにあっちゃこっちゃ動かんといてえな、ジェリー」

スザンヌが足をふんばらせて立ち止まると、たちまちジェリーはけたたましくキャンキャンと吠え、くるくる走りまわって、スザンヌを鎖でぐるぐる巻きにする。

「あいやらしょ」

母は自転車のスタンドを立て、大河内医院の居間のように明るい笑顔をイクに向けた。

（なんで？）

イクは混乱した。母はなぜ笑うのだろう？　スザンヌに巻きつく鎖のようにイクの頭に「？」が巻きつく。

「もう知らんわ、こんな犬」

スザンヌが鎖の先を放す。チャリチャリと音をたてて、鎖が道にすべり落ちた。ジェリーは道に足をふんばらせて吠えつづける。キャンキャンキャンキャンキャンと。

イクは鎖を摑み、門にひっかけた。オサム・ノグチ意匠のアヴァンギャルドな門には、犬の鎖をひっかけるのにもってこいの鉄輪の飾りがついていた。

キャンキャン。名犬は吠える。イクは玄関の鍵を開けて、走って台所に行き、冷蔵庫のコンビーフ缶をとると道にもどった。コンビーフは、ペーの朝ごはんに入れてやった明治屋の缶の残りだ。割箸がつきささったままになっている。

「ジェリー」

割箸でひとすくいしてコンビーフを投げた。キャン吠えは止んだ。

「ほら、ジェリー、食べえ」

すくう。投げる。食べる。静か。吠える。すくう。投げる。食べる。静か。くりかえすと、少し気が済んだのかジェリーはおとなしくなった。

「コリーちゅうのは、よう吠えよるんどすなあ」

母は自転車で出勤していった。

「これをちらつかせて、散歩させたらええと思う」

コンビーフがまだすこし残っている缶を、イクはスザンヌに渡して登校していった。

＊＊＊

同日の下校時、通学路を歩いていたイクは、学校を出てすぐのところにある文房具店の軒下で、カーディガンを脱ぐことにした。

ブラウスの上に目のつまったウールのカーディガンを着ていたのだが、午後から気温が上がってきたので、カーディガンを脱ぎ、ランドセルにかけた。

「赤ちゃんをおんぶしてるみたいや」

祥子が声をかけてきた。

「なあ、イクちゃん、このあと、うち家《ねえ》へ来《こ》うへん？　二段ベッドを買《こ》うてもろたん」

祥子は頬をふっくらとさせて、うれしそうにイクを誘った。

「えーっ、二段ベッド？　見たい見たい」

「ドリームベッドの二段ベッドやで」

「ドリームベッド……」

奈良ドリームランドのようなサウンドはイクの頬も期待でふっくらさせた。

後年からふりかえれば、いささか妙なのだが、あのころ小学生にとって、二段ベッドはちょっとしたあこがれの品だった。畳ではなくカーペットが敷かれ、ボンボンのついたカーテンがかかり、そして二段ベッドがある、それが理想の子供部屋だった。とくにきょうだいのいないイクには二段ベッドはとてもすてきなものに思われた。自分もベッドで寝ているにもかかわらず。

「家の人、いはらへんのやろ？　ほな、このままうち家《ねえ》来たかてええやん。イクちゃんは鍵っ子なんやさかい、せんせ《先生》かて怒らはらへんわ」

「そやね」

祥子についてイクは、カーディガンをかけたランドセルを背負ったまま、自分の家ではなく大河内医院に行った。

勝手口では、燈子が慶子にコートを着せていた。

「イクちゃん、ちょうどよかった。ケーちゃんに、このコートどうや？　見たって」

買い物に行こうとしてコートかけにかけておいたコートを着ようとした燈子だったが、衿のかたちがどうも若すぎるデザインのように思われ気になっていた。そこで娘の慶子にどうだろうかと着せてみたという。

「ケーちゃんはスタイルがええさかい、このコート、ええと思《お》もわへん？」

「はい、よう似合わはります」

イクは燈子に同意した。心からの同意であった。慶子はすらりと背が高く、ほっそりとして、コートは本当によく似合っていた。

「ケーちゃんな、組で成績が一番なんやで」

母燈子の言うとおり、娘慶子はスタイルがよいだけでなく顔も知的で、子供服ではなく一般婦人服のコーナーで買ったチャコールグレーのコートは彼女を一気に大人びて見せた。

「はい、ほんまに。おつとめしてはる人みたいです」

「ほな、お母ちゃん、このコート、わたしがもらうわ。ショーちゃんにはわたしのコートをあげる」

「あのつるつるしたピンクのやつ？　きゃー、ばんざーい」

姉妹はそろって気をよくして、イクを子供部屋に招いてくれた。

「入って」

一階の子供部屋は南向きで、テラス窓にはレースのカーテンがかかっている。

「今日、温《ぬく》とうなってきたやろ。そやさかい、ちょっとそよ風入れよ思《お》もて窓を開けてたん」

大きな窓にかかった大きなレースのカーテンがふわりとゆれる部屋に、ドリームベッドの二段ベッドがあるのである。レース越しに名犬も見える。

「わあ、すごいすごい」

ベッドポールには、ケーコショーコでおそろいのレモン色の巾着袋がかけてある。

「おばあちゃんが作ってくれはったん。パジャマ入れやのん」

「かわいー」

巾着袋の星のプリントのようにイクの瞳も輝く。

「イクちゃんのカーディガンも、ここにいっしょにかけときいな」

「えー、ありがとう」

姉妹がパジャマ入れをかけておくのと同じポールに自分のカーディガンをかける。三人姉妹のまんなかになったようで、イクはうれしくてならない。

「なああ、上の段はショーちゃん？　ケーちゃん？　どっち？」

とりわけ上段はすてきだ。

「週ごとに交替にしよて決めたん」

「へえ！　へえ！」

姉妹のとりきめがまた、イクには羨ましかった。

「イクちゃん、寝てみてええよ」

「ほんま？」

「うん。三人で寝てみよよ」

つかのまの三人姉妹になった気分で、イクはドリームベッドの二段ベッドの上段に仰臥《ぎょうが》した。

「うふふー」

三人でうれしい。

川べりに張ったテント、高木の枝のあいだに作った小屋、周囲を枯れ草で覆った空き地の土管……。こんな「基地」が、子供時代にはことのほか心ひかれるものである。二段ベッドは、一種の基地にいる心地がするのである。

「ええなあ」

とイク。

「そや、ええやろ」

「気に入ってんねん」

とケーコショーコ。

ゆれるレースのカーテン、ひかりでいっぱいの子供部屋。そこにインベーダーが来た。

「あっ、ジェリーが入ってきよった」

イクは片肘を立てた。

「小屋から出て来《き》よったんかな」

「鎖がついたらへんさかい、そうやろ」

こまめに散歩をさせないかわりに、庭で放すことがあるのだと慶子は言った。

ジェリーは三人を見たが吠えもせず、部屋をくるりと一周すると、窓の桟のあたりから庭のほうをながめている。長毛が風になびき、いかにも血統書付というたたずまいである。

「鎖をつけられるんが嫌いなんかもしれへんな。朝はあんなに吠えとったもん」

朝の散歩でスザンヌさんを困らせたことをイクはつたえた。コンビーフをやるとげんきんに吠えなくなったことを話すと姉妹はワッと笑った。

ワン。笑い声に反応したのか、ジェリーが吠えた。

「吠えよった。自分のことで笑われたんでハラたてよったんや」

ベッドの上段という安全な基地にいる感覚が、姉妹にたっぷりの余裕を与えている。

「あほー」

祥子がジェリーに言った。

「ばかー」

いつもクールな慶子も言った。

「土葬ー」

阿呆と馬鹿に匹敵する語がすぐに思いつかなかったのろまのイクは、とにかく二人のあとにつづこうとした。

「あほー」

「ばかー」

「どそうー」

もう一度言うと、ジェリーが吠えた。ベッドの下から上を向いて口を開けている。慶子は巾着袋をふった。そんなことをすれば犬はよけいに吠える。

イクは、姉妹がちょっとしたスリルを求めているのだと思った。敵の攻撃を基地で防いでいるごっこ遊びのスリルを。

巾着袋の挑発にあんのじょう、ジェリーはけたたましく吠えた。

「敵の攻撃やー」

イクは腕をあげ、ポールにかけさせてもらっていたカーディガンを中空で旋回させた。

ジェリーはさらに吠える。

「わんわん」

イクは擬音でジェリーをからかった。

「わあ、わあ」

「ああ、ああ」

慶子と祥子も大きな声を出した。

「わんわん」

人間が人間の声でわんわんと言っても、犬には、犬がわんわんと吠えているように聞こえているのだろうか。イクは興味を抱く。上段からジェリーを観察する。

だから気づかなかった。姉妹の異変に。「わあ、わあ」「ああ、ああ」と彼女たちも犬の吠える真似をしているのだとばかり思って、彼女たちのほうは見なかった。

ケーコショーコが泣いているのに気づいたのは、上段から乗り出して犬を見ている体勢に苦しくなったからだ。

（あれ？）

甘えん坊の祥子が泣くところはこれまでにもよく見たが、今はしっかりした慶子まで涙をぽろぽろあふれさせている。

イクはやっと理解した。ケーコショーコは犬を怖がっているのだと。基地のスリルをたのしんでいたのでも、犬の反応を観察していたのでもなかったのだと。

「どうもないて。だまって静かにしてたら部屋から出て行きよるて」

泣く姉妹を励ました。

しかし二人にとり、イクはまったく無力であった。なぜなら、

「あーん、お母ちゃーん」

「お父ちゃーん」

姉妹は叫んで、父母を、呼んだのである。

愕然とした。

（なんで呼ぶの……？）

涙を出しているのだから、二人が、怖い、いやな、かなしい、泣く気持ちになっていることは、イクもよくわかった。しかしそういうときに、なぜ父母を呼ぶのか。

イクにはわからない。

意味がわからない。わけがわからない。

愕然とした。

＊

「どないしたんやいな」

燈子が部屋に来た。

「あっ、犬でっせ。犬が部屋に」

作業着を来た男も、長靴を履いたまま いっしょに来た。

「いやあ、どうしょ。電器屋さん、この犬、外に出してえ」

「おい、こら、しっしっ」

頼まれた電器屋さんがジェリーに近寄る。ジェリーは彼に跳びかかった。成犬のラフコリーは大きい。電器屋さんは、わあと叫んだ。

「ジェリーっ」

イクはベッドの上段から犬を呼び、カーディガンをいまいちど旋回させた。ワンワンとけたたましくジェリーが吠えたところで、

「それっ」

開いた窓から庭に向かってカーディガンを投げた。ジェリーは一目散に庭に飛び出した。

「出よった、閉め、早よ閉め」

電器屋さんが窓を閉めた。

慶子と祥子はベッドから下り、燈子に抱きついた。

「もうどもない。もうどもない」

燈子は二人の娘の頭を撫でた。

ジェリーはといえば、庭でうれしそうにカーディガンをくちゃくちゃにふりまわしている。

「なにごとやと思《お》もいましたわ。火《ひい》でも出たんかと思いましたで」

電器屋さんが子供部屋を出た。

「ほなな……」

イクは通りにくい声をさらに小さくしていとまを告げ、彼のあとを追った。姉妹はまだ泣いていたのでばつが悪かったのだ。

「ああ、びっくりしたな。靴のまま上がってもうたがな。ここで待っといて、あとで奥さ

ん に謝《あやま》っとこ」

勝手口の框に電器屋さんは腰をおろし、

「なんや、おまはんはこの家の子《こう》とちがうんか」

勝手口でコートを着たイクに言った。

「いまの時分、すぐ外は暗《く》ろうなってしまうで。おまはんも、早《は》よう帰らんと。おまはんとこのお父さんとお母さんかて心配しはるがな」

「はい。さようなら」

イクは電器屋さんにお辞儀をして大河内医院を出た。

電器屋さんの言うとおり、外は薄暗くなってきており、気温もさがり、カーディガンを着たくなった。

（ショーちゃんケーちゃんのおばあさんが作ってくれはった袋しかそばにあらへんかったさかいです……で、ええかな）

（枕やと重《お》もとうて、投げてもベッドから庭まで届かへんと思《お》もたんや……、こっちを先に言うたほうがええかな）

カーディガンはカツニシ洋品店で買ってもらったものだった。新品ではなく、かなりくたびれていたが、衣類は衣類だから、カーディガンなどをなぜ投げたと父母に質問された場合の、父を割れさせず、母に「あんたはお父さんそっくりや」と言わさせない答え方を、いろいろとシミュレーションしながら、もたもたとイクは歩いた。

玄関ドアのノブに鍵をさしこむ。てごたえがあって鍵があいた。家にはだれもいないということである。

（よかった……）

ほっとした。

＊＊＊

この日のあとすぐ、大河内医院は東京畜犬にジェリーを返した。

無体な返品をされたこの会社は、年明けにマルチ商法が問題になり、しばらくのちに倒産するのである。

飼い主一家に頭のひとつ撫でてもらえず、散歩もさせられず、ただ東京畜犬指定のドッグフードを与えられていただけの、この一流の名犬とイクのつかのまの出会いは、この後もかなり長くイクに、ラフコリーイコールバカというイメージを強く残した。

世のコリーへの憧れや人気も落ちていった。だがそれはこの犬種が本当にバカだったからではなく、住宅事情によるものだろう。国民がみな大河内医院のような庭や犬舎や散歩係を用意できるわけではない。徐々にマルチーズが他犬種の追随を許さぬ人気となっていった。

コリーからマルチーズへと人気が移ろうあいだに、イクは初潮を迎え、小学生から中学生になった。

この時期に背がのびたイクは四回、大学生にまちがわれた。まちがえられた場所は四回とも京都市内で、まちがえたのは四人とも国立大学の学生だった。彼らはビラを片手にイクに声をかけ、年齢を聞いて渡しかけたビラをひっこめた。この時期に世におこったできごとを画布の前に置くのは避けよう。大阪で博覧会が開催され、乗っ取られた飛行機が平壌へ行き、自衛隊本部で小説家が割腹し、札幌で一、二、三位の表彰台を日本選手が独占し、軽井沢の山荘に鉄球が打ち込まれ、太平洋の南島から日本兵が敗戦二十八年後に帰国し、妙義山の穴の中の十二人の遺体を象《かたど》ったテープが報道され、アラブ産油国がショックな脅しをかけてきた。すべてが目に突き刺さるような原色のできごとは、遠近《パースペクティヴ》を崩してしまう。

画布に置くのはただひとつ、マントウ《饅頭》。原色の時代にノグチハウスにいたのはペーとマントウだった。マントウはペーの子である。

「わあ、マルヨシさんのぶたまん〈肉饅のこと〉みたいや。ふかふかでコロコロや」

生まれて一週間目の仔犬は、大河内ケーコショーコの姉妹の感想から名づけられた。

マルヨシ　53ページ、マルヨシ精肉店

鬼警部アイアンサイド

八月十五日に、三木武夫という一人の男性が靖国神社に詣でた。

十月二日に、天皇陛下と皇后陛下がアメリカの大統領と会見し、三十一日に「原子爆弾の投下はやむをえぬ」との発言があった。

是非は措き、こうしたことに、あの戦争から三十年を経たのだと、まだ多くの大人が感じた。

そんなころのはなしである。

四月五日から、土曜の夜十時に三面記事をつたえるTV番組が始まった。とくに性的な事件が多く、つたえるタレントはさわがしい口調をつくる。オープニングに使った音楽の緊迫感が、かえって滑稽さを煽《あお》った。それは、鬼警部が社会の悪に挑むシリアスなドラマのテーマ曲だった。

滑稽さとは妙なものである。

がりがりに痩せていることを気にする。ぶくぶくと太っていることを気にする。本人の

一人の男性　「私人として参詣」との首相会見。これ以降、いわゆる靖国参拝が毎年注目されることに

悩みの度合いは同じなのに、他人のからかいを受けるのは、えてして後者である。

コンタクトレンズを使う。カツラをかぶる。どちらもフェイクなのに、他人がからかうのは後者である。

＊＊＊

はげちゃびん。ハゲ。囁《ささや》くような声を、イクはときどき聞いた。禿頭《とくとう》の父への嗤《わら》いであり、彼の子への嗤いでもある。

こうした嗤いを投げられたとき、サンフランシスコ市警察の刑事部長のようにシリアスな顔をしていると、よけいに相手を愉《たの》しませる。といって、嗤った側《がわ》といっしょになって自分自身を嗤えば、痛々しがられる。やっかいである。

しかし、イクがやっかいに思うのは、ややずれたところに理由がある。

あの戦争についての知識が、小学生や中学生のころより高校二年のイクには増えていたからだ。グアム島から帰還した日本兵のニュースを見て、「気の毒に」とひとりごちた父の一言を、へんな感想だとは思わなくなっていた。

「樽式の棺桶のように大きい」と母が形容したイクの頭には、うっそうとするほどの多量の、しかも剛《こわ》い髪が生えている。母が「あんたはお父さんそっくりや」と言うとおり、父

サンフランシスコ市警察の刑事部長　鬼警部アイアンサイドの設定

のきょうだいはみな平均をはるかに上回る毛髪量である。父も生来はそうであったのだろう。

父の禿頭は、シベリアでの捕虜兵の環境がいかに非道なものであったかを語っていた。その過酷と、ハゲやはげちゃびんという滑稽な声の響き。同時にふたつを感じるのは、イクにはやっかいであった。

ハゲ隠し。父が常用するベレー帽やニット帽も、そう揶揄《やゆ》された。やっかいであった。そうではないのに、そうであるようにしていることが、父の過去を知る高二には困るからである。

ハイティーンというあぶらぎった熱い年齢は、自己の内部に困惑が生じていることを強く感じる。だがそれがいかなる困惑であるのか、他人にはむろん自分にも言語化できない。

かわらかなる後年であれば、ハイティーンの困惑を、他人に話すことができる――。

原子爆弾を投下されたあとの玉音放送を国民が聞いた日からさらに十年を経て、厳寒の土地から辛くも帰国し、職を見つけ、裏庭に穴を掘って排便せねばならぬような建物であろうともホームを持った鼎は、そこで学生服を着た生徒たち（軍服を着た、清い報国の志の部下たちを髣髴《ほうふつ》とさせるところの）とともにすき焼きを食べ、彼らが「夜霧の彼方へ別れを告げ」と祖国を愛する民謡をうたうのを、ようやく聞けるようになったのである。それは、シベリアから生還しやがて死ぬまでの、彼の戦後の歳月における最も幸福な時間であった。

それが鼎の幸福だと（内実はわからず、ただ幸福だと）、イクが幼いうちから察知できたのは、子供のやさしさでも聡明さでもなく、ひたすら愚鈍な恐怖心からであった。黒い塊が家を訪《おとな》うとき、鼎はぜったい割れなかったからだ。だから察知できた。

しかし、敗戦から三十年がたったように、「りんごの花ほころび、川面に霞たち」とロシア民謡を、教師の家を訪れて生徒がうたう時代は去ったのである。すき焼きをするのに肉を増やす代わりにしていた松茸は見つけることさえ困難になっていたのである。

過酷のあとにようやく得た幸福が、もう去ったのに去っていないように思いたい。それは鼎の切望であったのであろうと。

禿頭と帽子。そうではないのに、そうであるようにしている哀しみと残酷を、一介の凡庸な高校生が、彼女と同世代の大勢の高校生たちに語ることはできなかった。出征したことのない若い男を父に持つ同級生たちを、よけいに愉しませることなく、痛々しがらせることもなく語ることは。

特別な英才でもない高二にそのような力は、とうていない。鼎のハゲは、だから、やっかいで、困ることであった。

＊＊＊

県立香良高校は田んぼの中にあった。滋賀県内の大半の学校がそうであるように。

長方形の敷地は四辺のほとんどを灌漑《かんがい》用水路が囲んでいる。深く幅広で、野球部やソフトボール部の部員がへまをしてボールを田んぼのほうへ逃せば、気軽に跳んで取りにいけるものではない。そのため通学路に面した門を閉めると、平城《ひらじろ》よろしく出入りが困難になる立地ではある。だが、この鉄扉の門が動くことなどまずなく、付近の住民が乳母車を押して校庭を散歩していることもあるほど、旧制中学時代より校風が鷹揚で、体育祭や文化祭ともなれば生徒は祭り気分である。

中学でも高校でも、学校というところは基本的に団体行動をする場である。だからイクは学校ですることの九割が、苦手といえば苦手である。

だがそれでも。それでも父母と家にいるより、学校にいるときのほうがリラックスできた。学校には、軍人も、軍人に絶望する妻もいない。父を知る数人が、たまに屈託なく例の嗤いを投げたところで。

幼少時にいろいろな他人の家に預けられていた体験は、それなりに他人と接するすべをイクに習得させていた。極端にいえば、他人の中にいるほうが家にいるより、はるかに立回りはらくであった。

父が在宅している土曜は、授業も午前中で終わり、所属している美術部の活動もないのに、いつまでも校内にいつづける。母の休日である日曜も登校する。

盆地町の広大な敷地の校内には、いかにも旧制中学らしい雑駁《ざっぱく》な園や小径《こみち》がある。古い建物に改築を重ねた建物にありがちな妙なデッドスペースも、軋《きし》む板床の渡り廊下で繋がれた棟のあちこちにある。それに図書館、理科準備室、茶室。制服を着た生徒が長居していたところでだれも咎《とが》めない場所の多い学校である。

自意識がマックスに過敏になり、肉体は性にめざめ、そのくせ性根は軟弱な子供であるハイティーンの年齢に、都会に住んでいたなら、イクも私服で繁華街をぶらついて精神安定をしたろうが、香良には繁華街がない。「制服で学校に長くいる」ことがそれに代わった。どこへ行くのかと父にあるいは母に問われても、ちょっと学校にと制服を着て答えれば二秒ですむ。

マクドナルド・ハンバーガーを食べたことがない生徒が九割を占める香良高校の近くに、「有馬殿」がある。結婚式場ではない。たこ焼きを売っている。きつねうどんも売っている。天輪焼《てんりんやき》も売っている。鉄の脚のテーブルと丸椅子が、でこぼこのあるコンクリートに置かれた軽食屋だ。古い店ではない。二、三年前からやっている。

開け閉めのたびにがたぴしと音をたてる引き戸の上部には看板に××屋と屋号が書かれ

天輪焼　溶いた小麦粉を焼いて餡をはさむ饅頭。関東では今川焼とも

ているのだが、香良高校生はみな「腹がへったわ、ありまでんさんでうどん食べて帰ろ」とか「三校時は自習や、ありまでんでたこ焼き食べよ」などと屋号ではなく、有馬殿という長い名字で店を呼ぶ。

そして「かみなりおやじ」と呼んでいた。ありまでんの店主のことを。「ありまでんさんのおっちゃんは、かみなりおやじやなあ」「ありまでんとこはなんでもおいしいけど、あのかみなりおやじが苦手やわ」などと。

イクは、その綽名《あだな》は正しくないと、いつも思っている。

「きつねうどん」

注文する。

「へ」

ありまでんのおやじは答える。

「あたし、どうしょかな。天輪焼にしょ。天輪焼ふたつ」

ほかの客が注文する。

「へ」

おやじは答える。

きつねうどんができあがると、プラスチックの盆にのせてカウンターに置く。

「へ」

おやじは言う。客は代金を支払い、盆を自分の席に運ぶ。

「へ」

天輪焼がのった皿を盆に置いたときも、おやじは言い、客は金を払って、運んだそれを自分の席で食べる。

「おっちゃん、お茶がもうあらへんで」

勝手に茶碗についで飲むようになっている大きなアルミの薬罐《やかん》が空になったことを、べつの客がおしえる。

「へ」

おやじは薬罐をとりかえる。

このように注文を聞くときも、品を出すときも、金を受け取り、釣りをわたすときも、おやじは「へ」と言い、頬の肉がもりあがることもなければ、口角がわずかにも上に向くこともない。むしろ「へ」という発音上、下向きになる。

愛想がないこと。それに、顎の骨が張っていかつい顔の造作。こうしたことで、生徒たちは彼を「かみなりおやじ」と呼んでいるのである。

(間違《まち》ごうた綽名や)

同学の生徒や美術部の部員に、ありまでん店主の綽名は不適切である旨、イクは言うのだが、聞き流されるならまだしも、反論される。「なに言うてんにゃ。あれこそ典型的なかみなりおやじやんか」と。「おまはん、その眼鏡の度が合《お》うたらへんのちがうか。そやからおまはんのデッサンはなったらへん」とまで言われる。

ありまでんに特別な恩義があるわけではないのだが、彼本人は知らないとはいえ、不適切な綽名がついているのがイクはいやだ。そうであるのに、そうでないようになってしまっていることが気持ち悪くてならない。ムズムズする。

（ありまでんさんはかみなりおやじというのとは違う。ありまでんさんは……ありまでんさんは……）

とはいえ、ありまでんがどういう人であるのかと、ほかの生徒たちに説明できるほど、イクは彼を知らない。顔と店内での接客態度のほかには。有馬殿の下の名前すら。

「おい、柏木、おまえが気に入ってるありまでんのかみなりおやじやけどな……」

部活動を終えた美術室の流しで手を洗っているイクに、同学年でクラスも同じな男子部員がうしろからしゃべってきた。

「知ってるか？　あのかみなりおやじは、あんな小さい店をやっとるけどな、娘は分限者《ぶげんしゃ》〈金持ち〉やぞ」

駅前に兄弟経営のパチンコ店がある。琴先生の家やことぶき湯のある本町の、三世帯同居の三階建が豪邸なのは、このあたりでは有名だ。このパチンコ店の弟のほうに嫁いでいるのが、ありまでんの一人娘なのだという。

「うちのお父《とう》が、こないだパチンコしに行きよって、仕入れてきよった情報や」

（へえ、あのおっちゃん、そんなに大きい娘さんがいてはったんや）

イクが思っているよりも店主はもっと年ゆきなのかもしれない。

「両替してもらいに行ったらハーフみたいなえらいべっぴんの奥さんがいてびっくりした て、お父が言うとった。べっぴんやさかい分限者のとこに嫁に行けたんやろて。びっくり したんは、おれや。あんな鬼瓦みたいなおやじの娘がべっぴんとはな」

（あのおっちゃんの娘さんやったら、そらきれいやろ……）

――鬼瓦と形容されるのは、彫りが深いからこそだ。総じて娘の外見は父親に似るから、こうした骨組の顔が、女性になって若くなれば、人目をひく華やかな顔だちになるはずだ――との旨、芸能人父娘をたとえに出して、爪のあいだに入った油絵具を石鹸でこすりながらイクは言った。

だが、生来の声がごにょごにょと通りにくいうえに、そこに水道の流水音がかぶり、ふりむけば男子部員はすでにいなくなっていた。

（なんや、帰らはったんか……）

蛇口は閉めたが、手をふかないまま、イクは聖パウロのことばを思う。

『心に愛がなければ、どんなに美しいことばも相手の胸に響かない』

そしてさらに思う。自分は他者に対する愛情が薄いのだろうかと。

(言うたことがたいてい相手に響かへんなあ)

昨日の夕方、不意に父はイクに、梅の入ったにぎりめしを作れと命じた。父から命ぜられたら、ただちにきかねばならない。制服のまま、あわてて手を洗い、炊飯器に残った冷や飯をにぎっていると、郵便受けに郵便物が届いていないか見に行けと命ぜられた。「いま、手にごはんつぶがついたあるさかい、あと二つにぎったら見てくる」とイクは言った。言ったつもりだった。そして、にぎりめしを作り終え、手を洗い、エプロンをはずし、郵便受けのほうに行こうとして、父のうしろを通過しようとした。樫のテーブルに頬づえをつき、椅子の上にあぐらをかいて、TVを見ている父のうしろを。

突然、父は割れた。「──────」。咆哮は聞き取れない。赫怒していることだけわかる。

父の怒りは、郵便受けを見に行けと言ったのにイクがただちに見に行かなかったからであった。ただちに見に行かないのは、イクが女だからだと父は言った。

「女というのはいつも非論理的だから、郵便受けを見に行くようなかんたんなこともすみやかにできない」

不可解を通り越して、もはや愉快な叱責に聞こえよう。オサム・ノグチ設計の石の家に住まぬ者には。

にぎりめしをただちに作りあげて、かつ同時に、郵便受けも見に行かねばならないのである。それができないのは女が非論理的だからである。愉快な命令である。愉快な叱責である。

しかしイクはノグチハウスに、彼を家長として、衣食住の保護を受けて住まう者である。家長の命令は絶対である。この場合は、塩をふりかけた冷や飯をにぎりながら、玄関を出て、下駄箱の上にでも直《じか》ににぎりめしを置き、米粒のついた手でドアのわきの郵便受けを開いて、片手で郵便物を取り、もう一方の片手でにぎりめしを作りながら食堂にもどり、郵便物を家長にわたし、にぎりめしをきれいに作りあげて、出さねばならなかったのである。ラミーハウスでは山の繁みに穴を掘って排便していた父にとり、にぎりめしにふれる手の清潔など、役立たずな気遣いであり、そのことに気づかない家人は役立たずなのである。

この家に住まぬ者には、この楽しい叱責を受けてイクが謝ったことも愉快なら、そのあとイクが玄関でしたことも、お茶目な反応に映るだろう。

イクは玄関の預言者サムエルの絵皿の前で祈った。「主よ、私をお導きください。澄ませてください」と。絵皿が玄関にかけられた六歳のときに幼年の預言者に倣《なら》って以来、玄関で祈るのが、イクだけの習慣となっていた。

「いま手《てえ》にごはんつぶがついたあるさかい、いま郵便取りに行ったら手紙がねちゃねちゃになってしまうやんか、そやさかい、これをぜんぶにぎったら見てくるわ」

だれもいなくなった美術室で、大きな声で言ってみた。

「いま手にごはんつぶがついたあるさかい、いま郵便取りに行ったらな……」

いまごろ大きな声を出してももう遅いが、くりかえした。

「心に愛がなくても、大きい声を出したら、相手の耳に響く」

大きな声で言う。

「手《てぇ》にごはんつぶがついたあるさかい、郵便取りに行ったら郵便を汚してしまう。おにぎりつくってから行くさかい」

叫んだ。

「なんやて？　ごはんつぶがどうしたて？」

背後から言われた。帰ったと思った男子部員がもどってきたのだ。

イクのまぶたはどろんと閉じかかり、唇はでろりと弛緩し、無表情な顔になった。驚きや恐怖や緊張があまりに強いと、いつもイクは阿呆じみた無表情な顔になる。

「なにをひとりででかい声を出してんねん。ごはんつぶがなんやて？」

「……練習してたん」

「練習？　なんの？」

「心に愛がなくても相手の胸に響く練習……」

「なんや、それは。十字屋か」

「帰ったんと違《ち》ごたん？」

十字屋　現JEUGIA京都河原町三条にある楽器店。『愛のことばは十字屋から』が1972年当時のCMコピー。

「鞄が置いたるやろが、そこに」

「あ、ほんまや」

「腹がへったさかい、購買部にパン買いに行ったんや。ぜんぶ売り切れやったわ。柏木、ありまでんとこでたこ焼きでも食うか？」

「うん、食べる」

「ほな行こほん〈行こう〉」

＊

がたぴし鳴る引き戸を開けて女子マネージャーを含むサッカー部連中が出てくるのと入れ違い、イクたちがありまでんに入ると、ほかに客はいなかった。

「おっちゃん、たこ焼き焼いてんか。おれは六個入りにしょ。柏木は何個入りや？」

「四個入り」

イクは男子部員に代金をわたす。

「ほな、おっちゃん、六個入りと四個入り」

「へ」

ありまでんは金をしまい、窪みのある鉄板に注ぎ込んだ具入りの小麦粉液をクルクルと錐《きり》で反転させる。

「へ」

焼き上がったたこ焼きからは湯気がたっている。男子部員はさっそく食べはじめたが、イクは彼のぶんまで茶をくみ、運び、湯飲み茶碗を手で囲んで指先をあたためたりして、わざとのろのろした。猫舌なので冷めるのを待っているのである。

「おっちゃん、駅前のごっついパチンコ屋さんとこと親戚なんやなあ。知らんかったわ」

はふはふと熱を吐き出しながら、男子部員がしゃべりかけた。

「へ」

ありまでんはただひとことの返事しか返さなかった。またこの調子だという顔を男子部員がしたとき、

「早《は》よ食べんと冷めてしまうで」

たこ焼きに手をつけぬイクにありまでんが言った。

言われたイクは湯飲み茶碗にふれていた指先をはなし、イクの前の男子部員は割箸をプラスチック容器に置いた。ふたりとも、この店主がまとまったフレーズを発したので少なからず驚いたのである。

「冷ましてるの」

「冷ましてる？　たこ焼きは冷めたら、あんのうなる〈まずくなる〉がな」

「ねこ……」

猫舌であるから冷めてよいのだと言おうとしたが、ありまでんがしゃべりかけてきたこ

とに驚いたために、小さなパニックに陥った。せっかくの気遣いを無下《むげ》にしてはならないという焦燥、女だから非論理的だという家長からの判定、他人に対する愛情が希薄なのかもしれないという自己の劣等性への落胆。

「ねこ……、あ、あの……、いま食べるさかい……」

「そや、柏木。あったかいと、なんでもだいたいおいしなると、相場が決まったるわ」

前の男子部員までありまでんに加勢する。

イクは箸でたこ焼きを半分に割り、熱を逃がしてから口に入れた。

「そないな食べ方してたら早死にするで」

「早死にて……。おっちゃん、めずらし、おれらにしゃべってくれたと思《お》もたら、えらいゲンの悪いことを……」

「ほんまのことや。そないに行儀ようして食べてる者《もん》は、早死にや」

「そらかなんな。おい柏木、早《は》よ、食え。食わんと死ぬぞ。おまえが死なへんように、おれも手伝《てつ》どうたるわ」

男子部員はイクのたこ焼きを一個、ぱくっと口に入れた。

「あ」

「ええやないか一個くらい、くれ。おまえがのろまやさかいや」

「そや、その調子や。ええぞ、坊《ぼ》ん」

「鬼瓦」「かみなりおやじ」と綽名していた店主が客を褒めたので、美術部の二人はまた驚いた。

「坊《ぼ》んみたいに人の分まで食べんと生き残れへん。オイカワになるわ」

（オイカワ？）

瘦せ細ることとかとイクは思う。瘦せた人のことを「骨と皮や」とよく言うから。

「オイカワはええとこの坊《ぼ》んやった。めし食うとき、そらきれいに箸を使いよったがな。草叢《くさむら》でばば〈大便〉するときでも、オイカワは尻拭いた紙を、汚《きたの》うなったとこが見えんように塩梅《あんばい》ようして捨てよるんや。びっくりしたで。

そんなことしてるさかい死によった。ほんまにええ奴やったのに。裸足で土の上を歩いたこともないような奴やった。みんなにやさしやさしいてなあ……。

帰って来てから湖北《こほく》のお母さんに髪の毛《けえ》持ってったったとき、そら立派な家やったで。そらあな……、あんな立派な家の坊《ぼ》んはな、兵隊なんかできひんがな」

ありまでんは焜炉《こんろ》の火をとめた。

「戦争に行ったときのはなしか？」

男子部員が訊く。

昭和三十三年生まれの彼やイクが高校の生徒であったこのころ、いきなり戦時下の記憶に吸い込まれて立ち止まる壮年者が、ふといた。床屋や田んぼの畦道や職員室、スーパーマーケットの駐輪場、歯医者の待合室、そんな日常の場所にまだ。

「そや、戦争中のはなしや。同じ師団のオイカワは……」

いきなり記憶に吸い込まれて立ち止まったありまでんは、

「暑い暑い森の中を歩いて、食べるもんが何《な》んも無《の》うて、鼠を食べた。大きい鼠がいよったんや。焼いて食べた。木の根も食べた。泥水も飲んだ」

言いながらはらはらと涙を流した。まっこうから泣く壮年者を前にして男子部員とイクがとるべき対応に窮していると、がたぴしと引き戸が鳴った。

「あーあ、お父ちゃん、また泣いてんのかいな」

ありまでんを「お父ちゃん」と呼ぶのだから、男子部員がさっき言っていた「えらいべっぴんの」娘であろう。

「商売してて泣いたら、お客さん、困らはるやろ」

べっぴんはカウンターで囲まれた調理場の中に入り、棚から手拭いを取り出してありまでんに渡した。

「人の肉はな、鼠より酸《す》いいいんや。そら、大きい鼠のほうがうんとごっつぉ〈ごちそう〉やったがな。

オイカワもな、鼠食うて、ばば垂れっぱなしで生きたらよかったんや」

手拭いを顔に当て、ありまでんは泣く。

「そやな、そやな。オイカワさんは気の毒やったな。そやけど、もう終わったことやさかい、お父ちゃん、もうええやんか、もう忘れえ」

べっぴんはありまでんの背中に片腕をかけ、幼い子供をあやすように、とんとんと叩いた。

人肉を食べたという告白は二〇××年なら衝撃かもしれない。だがこのとき、昭和はすでに五十年だったが、地中に埋もれた不発弾のように、日常のそこかしこに戦争の濃い影はまだあって、人肉を食べたという告白を聞くのもイクははじめてではなかった。それら告白者は恬淡《てんたん》に話した。先刻、どやどやと店を出て行ったサッカー部員の中にも聞いたことがある生徒はいたはずである。

「あんたら、かんにんしたってな。お父ちゃん、たまに戦争のこと思い出して泣かはんのん」

べっぴんは調理場から出てきて、高校の生徒二人にガムをくれた。

「ちょっと店、休憩にするわ」

べっぴんが言うので、イクは冷めたたこ焼きを口に放り込んだ。

「柏木、また部室へもどるやろ。おれは先にもどってるで」

男子部員は戸口に向かう。

「待って待って、今出たらあかん」

べっぴんは男子部員を追いかけたが、すでに彼は引き戸を開けていた。

うわと彼が店内にもどるのと、凄まじく犬が吠えるのとは同時だった。戸口に繋がれた犬は、じゃりりと鎖の長さぎりぎりまで店内に入ってきた。

「ああ、吠えんといて、吠えんといて」

べっぴんが言ってもきかない。ぬめ光るような被毛は短くて黒い。柴犬ほどの体高だが、足が太いところからすると小型の犬種なのではなく、これから成犬になるのだろうとイクは見た。

「なんちゅう、名前？」

べっぴんに訊く。

「え？」

犬が吠えるので、聞き返される。

「名前。犬の名前」

「クライドや」

「強盗の……」

強盗の名前をつけたのかと言いかけ、そうかこの犬種だからかと納得した。こいつはドーベルマンなのだ。二カ月かそこらのドーベルマンの仔犬だ。

ちゅちゅちゅっと口を鳴らし、イクは犬の名を呼んだ。

「クライド」

今、ノグチハウスで飼っているラッキーはシェパードと数種の和犬がまじった大きめの雑種である。散歩させていると老婦人や子供はみな逃げる。クライドもすぐにラッキーくらいの大きさになるのだろう。仔犬のうちから気が強い。

「クライド、よーしよし」

容器にあと一つ残っていたさめたたこ焼きを投げてやった。食べた犬はいくぶん落ち着いた。

「やんちゃな犬やねん。うちの人が映画見て気に入ったもんやで飼《か》うて言《ゆ》うて買《こ》うたんやけどな」

ドーベルマンを銀行強盗に使う映画がヒットして、この犬種は一気に有名になっていた。

「あ、そうか、これがあの映画に出てきよった怖い犬か」

いきなり吠えられた男子部員は遠巻きに見ている。

「京都の犬屋さんで見せてもろたときは、まだちんまるこうて、そらかわいらしかったさかい、うちも買《か》お買《か》おて、大賛成してしもたん。こんなにやんちゃやとは思《お》もわへんかった」

べっぴんは鉄板に残った二個のたこ焼きのうち一つをイクの皿にくれ、もう一つをまたクライドに投げた。

「ちょっとお父ちゃんのようす見て来《こ》と思《お》もて、ついでにクライドも散歩させたりに来たんやけどな、走り回りよるさかいしんどなってしもたわ」

べっぴんがコンパクトを開けて白粉《おしろい》をはたいていると、きーっと車の止まる音がした。

「あ、うちの人、来てくれはったかな。ほなお父ちゃん、うち、もう帰るわ。ちょっと休憩して、そんでまた店を開けよし」

彼女がドーベルマンとともに夫の車に乗り込むのを待って、男子部員とイクも店を出た。戸を閉めざまに、ちらとありまでんを見ると、出入り口とは反対の壁に切った窓の外に広がる水田をぼんやりとながめていた。

＊＊＊

水田から水が引き、稲が丈を伸ばした。

イクは食堂の樫のテーブルのわきで、例によって、頭を深々と下げて父に詫びていた。彼の背広のうしろみごろにできた鉤裂《かぎざ》きを縫って修復するのに時間がかかったことと、仕上がりが某のようではなかったことを、父はひどく叱責した。某は繕い物の専門業者である。そのレベルまで鉤裂きを修復する、しかも専門業者でも日にちがかかる技術を要する作業を十五分で仕上げる、この要求に応えられる高校二年の女子生徒がいたら土居まさるから白いギターを贈呈される。

「鉤裂きもろくに繕えない」「こんなことができない年齢ではもうあるまいに」「おまえといい、おまえの母親といい、使い物にならない」。主にこのようなことが父の口からは発せられる。例によってまとまった日本文ではない。咆哮である。事実、彼が赫怒すると、樫のテーブルのそばの、洋酒を並べた棚に嵌まったガラスが、ぎん、ぎん、と振動する。

「すみません」

イクは縫った背広を持って頭を下げつづけた。

父と母とイクの三人で同じ家に起居するようになってもう長いのに、いつまでたってもイクは父の怒りの法則性が摑めない。摑めないから、柳のように慣れて流すことができず、彼が割れたときの、彼女の身体の萎縮と気分のふさぎは、いつまでたってもフレッシュだった。

娘に辟易《へきえき》した息を吐き、父はイクの手から背広を引き、着た。

「行くので」

言われてイクは迷う。父は床屋に行こうとして着替え、背広の鉤裂きを見つけ、イクに縫うように命じたのだった。よって、行くとは床屋へ行くという意味だが、「ので」がついている。行くからイクにも随行せよということなのか、行くから留守居をせよということ

白いギター　土居まさる司会のTV番組において、珍しい人材には白いギターが贈呈された

となのか、すみやかに察し、すみやかに意向に沿う行動をとらないと、また割れる。

イクのまぶたが半分下がる。唇が弛緩する。恐怖や緊張が強いときにイクがする、阿呆じみた無表情な顔である。

「早く」

急かされた。では、随行を命じているのだ。イクは床屋に行きたくなかったし、父のそばにいたくなかったし、また彼のほうからしても、使い物にならない者がそばにいないほうがいいと思う。にもかかわらず、「でも」とか「だって」とか「なんで」とか、反論のことばはイクの口から微塵だに出ず、靴を履く父に靴べらをわたし、自分も靴を履く。彼の命令の声は、相対する者の身を竦ませる音なのである。

＊

床屋までは自転車で行った。新町からは歩いては遠い、前に住んでいたララミーハウスのあったあたりにある床屋だ。夫婦できりもりしている。父は、夫のほうの理容師としゃべりたくて床屋に行くのである。禿頭の彼が床屋に行くには、剛毛を散髪する子に付き添うという体《てい》をとるのである。

「ええね、お父さんがいっしょで」

父に随行すると、妻理容師はイクに毎回、言う。

「今日はどないさしてもらいまひょ。そんなに伸びてへんよね」

先々週も切りにきたのだから当然だ。切らなくてもよいのに切る。そうでないのにそうであるようにするのはやっかいなことだ。

「前髪だけ鬱陶《うっとう》しうないように切らしてもろとこかね」

「はい」

いいえと言うわけにもいくまい。

「うちとこへまだ来てくれてはってうれしいわ」

中学にあがると女子生徒はみな美容院に行くようになる。その理由を、

「やっぱりお父さんといっしょが安心やね。かわいかわいの一人娘さんやもんね〈可愛い可愛い一人娘さんだものね〉」

と妻理容師は毎回言う。イクに兄弟姉妹がおらず、父母が大正生まれだと知った世人は全員がこれを言う。

(鉤裂きを縫うより……)

父の頭にわずかに残った髪をてきとうにチョッキンチョッキンと鋏《はさみ》を入れるほうが、鉤裂きを縫って修復するより簡単なのではないだろうか……と、かわいかわいの一人娘は思う。

(やっかいやなあ)

鋏の冷たさを額に感じた。目を閉じた。

＊＊＊

翌週の土曜。一時間目は古典であった。「昔男ありけり」、と教諭が言ったとたん、数人の生徒の叫び声がした。

カッカッカッカッカッカ。板を硬いものでこする音がして、黒色が机間《きかん》をササッ、ササッと動いていく。濡れた藁の匂いがする。犬の体臭である。

ドーベルマンだ。体高70センチはあろうかという成犬のドーベルマンが、教室を走り回り、ぬめ光る黒いそいつに怯えた女子がキャーとかイヤーとか声をあげたり、男子がうへえと大きく身をひいたりすると、ガウッと野太く吠える。吠えるからまた生徒たちが反応する。ドーベルマンは教室の中央、ちょうど教卓の真下あたりで前肢をふんばり、ガウガウと連続して吠えはじめた。

（もしかしてあいつは……）

教卓からは離れた席のイクが、はずしていた眼鏡をかけてたしかめるのと、

「パチンコ屋んとこの犬とちゃうけ？〈パチンコ屋の犬ではないか〉」

と、べっぴんの自宅のある本町在住の生徒が言うのとは同時であった。

「そや。銀行を襲いよる、あの恐ろしい犬やど、咬みよるど」

眼鏡をはずす　昭和五十年当時はガラスレンズが一般的で、現在のプラスチックレンズに比べずっと重かった。鼻根が重みで痛くなるため、ときどき眼鏡をはずす者がよくいた

ありまでんで仔犬時代のクライドに吠えられた男子美術部員が言ったものだから、古典教諭も生徒もみな怖気《おぞけ》をふるった。

「しっ、しっ」

教諭が生徒名簿で追い払おうとすると、めりめりと口吻に皺を寄せて、敵意剝き出しでクライドは吠えて教諭に跳びかかった。

「うわ」

叫んだのは教諭ではない。教卓付近の生徒だ。クライドが咬みついた手首からポタポタと床に血が滴り落ちるのを見て叫んだのである。

咬みついて気が済んだのかクライドは教室から遁走《とんそう》していった。運動部員のだれかから大判タオルを手首に巻いてもらった教諭は、

「グラウンド側も廊下側も窓は全部閉めて、戸も閉めて、教室から出んな」

生徒たちに言い残して、廊下に猛犬がいないことをたしかめてから出て行った。

＊

「獰猛な犬が校内に入ってきました。校舎の中にいるかもしれません。教室の窓は……」

先刻の古典の教諭が言い残したのと同じ注意が校内放送された。イクの教室は一階で正門に最も近かったので、体育教諭と用務員の四人がかりで鉄扉が閉じられるのを入学以来、はじめて見た。

「門のとこへ犬が来よったら、せんせ《先生》ら、どうしはるのん。あの鉄の門によじのぼらはるつもりやろか」

「門柱の上にでも避難してんと、ほんなもん、あの犬やったらジャンプしよるぞ」

生徒たちはみな窓によって外を見ている。

「おい、柏木。あれ、おまえとこのお父さんと違うか？」

窓ガラスにはりつくように立っていた本町の生徒がイクをふりかえった。

「あのハゲ頭はそうやろ。もっと窓のそばに来てみいや」

彼はイクの制服の袖を引く。

「う、うん」

本町生徒の見間違いを心中で祈ったが、彼の視力はたしかであった。たしかに父が門のところに立っている。臙脂《えんじ》色《いろ》のスポーツ・ジャージィを着た体育教諭と何かしゃべっている。

「あっ」

だれかが声をあげた。

「あそこ」

指をさす。指の先にはドーベルマンがいた。

みな犬のいるほうに目を向けたが、イクは門に向けたままだ。体育教諭がわずかに開いた鉄扉のすきまから父が校内に入って来たのである。事のなりゆきより、父がそばに来たことでイクは緊張した。

体育教諭から借りたのか、父は笛を吹いた。窓は閉められていたが、門に近い教室には笛の音が聞こえた。

クライドは父のほうに顔を向ける。父は掌《てのひら》を上にして手首をクイクイと動かした。ドーベルマンは断耳された小さな頭部を前傾させ、弾丸のように父に向かった。

「げっ、あのハゲのおっさん、どうしよるねん」

「咬みまくられてしまわはるわ……」

だが騒然とする間はほとんどなかった。犬が正面まで来ると、父はサッと腕を犬の頭上にのばした。教室まで父の声は聞こえなかったが、おそらく「よし」と言ったにちがいない。クライドは即座に身を低くした。父はクライドの首をなでた。ハイドがジキルになったようにドーベルマンはしおらしく、父に全身をすりつける。父が臀《しり》に手を当てれば「おすわり」の姿勢をとり、父が胸の前に手を出せば、左前肢、右前肢、かわるがわるの「お手」までする。

「おお」

高校生の観衆は、全員一致の、無欠の称賛の声を上げた。

体育道具室から調達したらしい縄跳びを持ってジャージィを着た教諭がおそるおそる近

づく。クライドが一吠えする。父が制する。ジャージィは縄を父のほうへ投げ、門のほうへ退く。

父は縄を首輪に通して、クライドをリーダーウォークさせ、正面玄関を飾る松の木まで歩くと、枝に縄を結わえた。

べっぴんの夫であるありまでんの義理の息子が、大きな車で飼い犬を迎えに来たのは十五分ほど後であった。

映画のヒットでドーベルマンという犬種名は有名になったが、飼う家が増えることは、このころにも、後にもなかった。

リーダーウォーク　四輪カートを引くように飼い主の側面を犬がついて歩くこと

バイオニック・ジェミー

春の空は澄んではいない。晴れた日でも、青い色に濃い牛乳を混ぜたようにもったりとしている。

そして聞こえるのである。ぴいぴいと雲間から。ひばりが啼くのが。

紫口市から香良市までを馬車に乗せてもらった五歳の春の日のその啼き声の郷愁を、イクはピアスンに話したことがある。

英語だったので、心情の、ほとんど切れ端《はし》であった。モンゴメリの次の次の次にイングランドの南東から紫口の教会に来た宣教師は、毎月曜の午前十時から英会話教室を開いていた。一回につき自動販売機で飲料を買う程度の献金で参加できるそれは、イクにとり学校以外に数時間外出できるかっこうの催しであった。

モンゴメリの髪と目は十円硬貨の色だったが、ピアスンは五円硬貨のような髪の色をして、目は五百円札のように灰青だった。年齢も若く、質実剛健な運動部の部員のように大柄で、頬が盛り上がり、もっとも盛り上がった部分が一刷毛《ひとはけ》の頬紅をさしたように桃色をしている。

ピアスンは生まれた土地のなじみからシェリーの詩を愛誦しており、英会話教室でイクから幼い春の日のことを聞くと、『ひばりに寄す』の一部を誦《よ》みあげ、黒板に書いた。だが、そのロマン派の長い詩は、海外旅行先での買い物や道順を尋ねる英語をおぼえたくて通って来ている教会近辺のママさん生徒たちの関心をまったくひかなかった。

さらにピアスンは、詩人の妻メアリーの書いた『フランケンシュタイン』に話題を変え、神と信仰と自然と科学技術について話したようである。ようである、というのは、深遠な内容を語る英語は難しい単語ばかりで、生徒たちはほとんど聞き取れなかったからだ。

モンゴメリにあずかってもらっていたころにはイクも小さな手で拭き掃除を手伝った、宣教師館の十畳ほどの集会室。そこに集まった生徒たちがつまらなそうにしているのにピアスンは気づき、「ｗｅｌｌ，ｗｅｌｌ」と西洋人らしく口ごもり、ＴＶで放映中のアクション・ドラマのはなしに変えた。流暢ではないがイン・ジャパニーズで。

アメリカの科学情報局でサイボーグ手術を受けて諜報部員として働くヒロインのことを、ピアスンが「フランケンシュタインの花嫁」と形容したのを、イクは詩的に感じたものである。英古語が頻出してめんどうくさかった本家シェリーの詩より。

生徒の中で最高齢の七十歳の婦人が、大まじめな顔をして言った。

「へえ、バイオニック・ジェミーなあ……。あの耳の達者な娘さんやろ」

と。そんなころのはなしである。

イクは大学入試を控えていた。月曜の朝の十時に電車に乗って紫口まで行けたのも、三学期の一月の半ばから高校が自宅自習期に入り、卒業式まで登校はしなくてよくなっていたからだ。

耳の達者な娘さんが活躍するドラマが放映されていたころはまだ、大都市と地方の小さな町とでは、二〇××年とは比較にならぬほど生活文化が違った。歴然と違った。商業店舗や娯楽施設だけでなく、さまざまなことに対する意識がちがった。たとえば「勉強」なら、香良はもちろんのこと紫口にも、受験に特化した塾などひとつもなく、旺文社のラジオ講座すら電波が悪く、ピアスンが誦《よ》んだ『ひばりに寄す』ほどにも聞き取れない。五日後に入試を控えた高校三年生が、家族で伊吹山にスキーに行ったり、二日前まで平和堂でアルバイトをしているのも、すこしもめずらしいことではなかった。

まったく受験勉強をせぬわけではない。するにはするのだが、大都市に住む受験生のそれとは、する時間も情報も緊張感も比べものにならない。散歩がてらの英会話教室など受験対策としては効果はなきに等しかっただろう。

甘えた受験勉強をして、イクは東京の大学に進学した。

「一人子やのに東京に行かはるんやて！」。こんなことがロッキード事件の次に新町界隈では話題になった。県立香良高校創立以来初の、女子生徒の、東京の、四年制大学進学を

スキー　「すべる」ことから受験期にはタブーとされるジンクスのある娯楽
平和堂　滋賀県全域にあるスーパーマーケット

成し遂げさせたのはピアスンである。

鼎はピアスンをことのほか見込んでいた。東京渋谷にあるミッション大学神学部留学生経験を持つ彼が、この大学を熱心に鼎にすすめたのだ。モーゼによって紅海が分断されて一本道ができたかのように、イクは滋賀県から、もとい家から脱出できた。

＊＊＊

毎朝シャワーを浴びて洗髪をする一人暮らしが何らめずらしくはない時代の大学生には想像しづらい住形態が、かつて大都市にはあった。

一戸建の民家の、一室のみを賃貸するのである。

門があり庭があり玄関があり、下駄箱や押し入れやソファセットがあり、お父さんお母さんと二人の子供が住んでいるような一戸建の家の戸を開けて、靴を脱いで内《なか》に入り、階段を上がって、廊下を歩いて、自分に貸された一室で、服を着替えたりレポートを書いたり寝たり起きたりする。極小の流しと焜炉《コンロ》がついている。「貸間」といった。流しと焜炉は無しで賄《まかな》いが付けば「下宿」といった。

学生課から斡旋された貸間に、まず半年だけ、イクは住むことになった。杉並区にある布川《ふかわ》宅である。

紅海分断　旧約聖書「出エジプト記」十三章

なぜ「まず半年だけ」なのか。例によって鼎が割れたからだ――。

大学の入学手続きの書類を郵送で提出するさい、イクは当然ながら入寮を希望する印をつけて出していた。希望者が多いので抽選がある。当たった。二人部屋にベッドも机もタンスもある寮に入るのだから、布団と身の回りのわずかな衣類や文具だけを用意すればよいと、三月のうちはとくに上京の準備らしい準備もせず、それこそシェリーの、パーシーではなくメアリーのほうの怪物の小説を読んで過ごした。

ところがである。突然、鼎が「大学の寮に入るような女子学生は卑しい」と言う。例のごとくわけのわからない怒りであると、イクが他者に言えるのは、大学を卒業して何年もたってからで、彼の赫怒のさなかには、ひたすら頭を下げていた。入寮がなぜ卑しいのかなどと問い返せば、入学も上京も卑しいと言い始めかねない。

鼎は「軍隊の知己が東京で会計士をしている」と正月に来た賀状の束から一枚を引き抜き、「ここに連れて行ってやってくれ」と姫野に頼んだ。「呪いの洞穴」の話を園児に教えた元アプレの姫野は、園児が大学生になったように、二男一女の子供を持つ写真屋になっていた。

姫野と優子とイクの三人は、年賀状の住所を訪ねた。訪ねられた会計士はあいまいな笑顔で近所の不動産屋に連れていってくれ、その不動産屋もあいまいな笑顔で言った。「大学の学生課などで斡旋してもらったほうがよい」と。当然である。そこは浦安《うらやす》で、大学は渋谷にあるのだ。新大学生が通学に便利な物件情報はない。行き着くまで三人とも、鼎の指令ミスに気づかなかった。むろん指令を出した鼎も気づかなかった。関東人が金閣寺も延暦寺も「京都にある」と感じるように、関西人四人は、浦安も渋谷も「東京にある」と感じたのである。

それでもこの会計士を訪ねることは、イクの出エジプトには、不可欠の手続きだった。

「この年賀状の人んとこへ行きましたがな。その人から不動産屋に連れていってもらいましたがな。そしたら大学の学生課に相談しい言わはりましたわ」という過程を、優子やイクではなく、自分が指令を託した姫野からつたえられれば、鼎は満足するのである。

浦安の会計士から教えられた修学旅行用の安い旅館に泊まりながら入学式に出席したイクは、学生課に相談に行った。

「新学期がもう始まっちゃってるからさ、町の不動産屋さんにも、もういい物件はなくなってるんじゃないかな」

カウンターでイクに応対したのは、『バイオニック・ジェミー』にゲスト出演しそうなバタ臭い顔の、三十歳くらいの男性職員だった。細面で鼻梁《びりょう》はピアスンよりすっきりしている。サラサラの髪が蛍光灯を反射してつやつやしている。

「あなた、関西から上京してきたんじゃ土地勘がないでしょ。とりあえずここに住んで、次のところをさがしたら？」

延暦寺　滋賀県大津市坂本本町4220

こう言って、バタ臭い顔の職員は布川宅を教えた。

「じつは、ここ、ぼくが大学生だったころの友達の家なんだよ。旦那さんがお医者さんしてて、自宅とは別にフカワクリニックって病院があって、その病院のほうの改装をしてるんだってさ。開業しながら改装してるもんだからさっさとすまないんだけど、終わったら家のほうの改装もするんだって」

自宅の改装がはじまるまでの半年ほどだけという条件の「貸間」だった。

「いわば私的な貸間にするんだから、敷金も礼金もとらないし、それにほら、格安の部屋代だよ。相場の半額じゃない？　この沿線の駅で六畳で駅から七分なら」

大学の職員にこう言われれば、土地勘のないイクは、ふたつ返事で決めた——。

こうして、「まず半年だけ」の杉並区での新生活を始めた新東京住民イクが、まず気づいたことは、フカワクリニックではなく、フカワ歯科クリニックだということである。バタ臭い顔の職員は、彼の友人女性の現住所をじっさいには訪ねたことはなかったのだろう。

駅前の通り沿いにフカワ歯科クリニックがある。いまは工事用シートで覆われている。そこを通過して、いくすじか奥まった通りに本宅がある。

＊

もったりとした乳色の空でひばりが啼いている午後、イクは布川邸のリビングにいた。

「貸間」であって「下宿」ではないから、布川夫妻と五歳の令娘《れいじょう》の家族とリビングで食事をすることはないのだが、午前と午後の診療のあいだの長い休憩時間に布川悠司が帰宅し、そのときイクが部屋にいたりすると、歯科医手ずからミルで豆を挽いたコーヒーをふるまってくれるのである。

「あなた、あたくしは、お教室のお迎えに行かないとならないから、もう出ないといけないわ。取って」

布川珠子は運転用の手袋をはめながら、布川悠司に顎をつきだした。つきだされた顎の延長線上にテーブルがあり、上に車のキーがのっている。

「うん。道路が混むからね。早めに出たほうがね」

悠司はキーを珠子にわたした。「幼児能力開発教室」なるものに、この夫妻の五歳の令娘は通っている。

「じゃ、柏木さん……」

珠子が自分のほうを向いた。珠子がなにか言うとき、第一声の直前には、独特の鼻音が入るというか、鼻息が洩れる。「フンじゃ、柏木さん」と言っているように聞こえる。「あたくし」も「ハンたくし」と。

「今日はあれ、お願いね」

「はい」

あれ、というのは犬の散歩だ。半年くらいだけとはいえ、歯科医が部屋を学生に貸したがったのは、経済的理由からではなく、ときどき犬の散歩を頼みたいからだった。

悠司が言うには、生後三カ月のため価格が下がった犬が大手ペットショップで売られていたのを珠子が衝動買いしてきた。が、幼稚園と能力開発で多忙をきわめる母娘は世話しない。悠司ひとりが世話していたところ、父のそばに来た令娘を引っ掻いた。「それは先生、散歩が足りなくてストレスがたまっているのよ」と犬好きの患者から助言され、学生に貸間をして賃料を安くするかわりに犬の散歩を頼んだらどうかということになったのだそうだ。

「それじゃ」

珠子が出かけていくと、布川悠司はミルをかたづけた。イクはカップを洗った。

「いいよ洗わなくて。ぼくがコーヒー飲もうと言ったんだし」

「いや、そういうわけには……」

部屋を借りている店子《たなこ》が、飲みっぱなしというわけにもいくまい。

「やっぱりさ……、そうなのかな……」

「やっぱりそう、とは？」

洗ったカップを水切り台に置いてイクは悠司をふりかえる。

「同居してると気をつかうのかなと」

「はあ……」

「おふくろも、いまワンルームマンションに仮住まいになって、なんだかさっぱりした顔してるし、うちのものびのびしてるしさ……」

「犬の散歩だって、うちのが言うには、おふくろの生活のリズムを無視していいのなら、わたしだって適当に時間をみつけてできる、って言うし……、ぼくからすれば、そんなことはパパッと口に出して互いに都合のよいようにすればいいだけなのにと思うんだけどね……、まあ、そうもいかないのかね」

　察するに、悠司が気にしているのは、大家と店子の関係ではない。珠子と悠司の母、嫁と姑の関係である。

　結婚当初は三駅はなれたところにある集合住宅に住んでいた布川悠司・珠子夫妻は、おととしからこの駅のこの家で、二世帯同居にしたものの、やはり別居することにしようと改築にとりかかったのだった。

「きっかけは、きみのいまいる部屋だったんだよ」

　和風の庭に面した風情のある部屋が、イクへの貸間である。

「茶室としても使えるようにつくった部屋なんだ」

　姑はその和室を、同居することになったとき、嫁に誇らしげに見せた。嫁は茶道の心得があるようなことを言った。

「うちの奥さんは、お茶を習ってたことはなくてさ、野点《のだて》のまねごとのような催しに一、二度行ったことがあるのを、女子大在学中から本格的に茶道を習ってきたように言っちゃったんだよ」

だが同居していればわかる。姑がごく気楽な茶会を開き、茶室に嫁を招いても、その所作はなんとも心もとない。それを姑はべつだん咎めたりなどしなかったのだが、茶室をきっかけに、何かにつけて気まずさがただようようになった。そこで「スープの冷めない距離」の別居にすることになったのだという。

「姑にいいとこ見せようとしたんだろうなあ。お嫁さんてのは、お姑さんてものになにかと気をつかうんだなあ。そんなに気にしなくてよいのにと息子のほうは思っているのにね」

　悠司は妻を思いやる。夫妻は同い年で、学校はちがうが大学時代に知り合った。これはバタ臭い顔の学生課職員から聞いた。職員はこの夫妻に関心が強く、「クリニックをしている旦那はミスにぞっこんでプロポーズして結婚したんだよ」と言っていた。「ミス」というのは、珠子が女子大学の学生時代にミス被服科だか、ミスミニスカートだかのタイトルを獲得したことによるニックネームである。

「まあ、どうしたって気にしてしまうんだろうな……」

「はあ……」

「それはそうと、柏木さん……」

滋賀県から上京してきたばかりの学生店子には相槌を打つくらいしか対応できないはなしをしてしまったと思ったのか、悠司はいきなり話題を変えた。

「滋賀県から上京するならなんで池袋の、六大学のほうのミッション系大学にしなかったの？　地方の人には六大学のほうがなじみがあるんじゃないの？」

「メソジスト派じゃないのです」

池袋にある大学は聖公会である。四谷にある大学はカトリック。イクが預けられたり通ったりした教会はどれもプロテスタントのメソジスト派だった。

「ははあ、くそまじめな生活をしていた派だよね。そうか池袋のほうの大学は国王の離婚を認める派か」

歯科医だから理系だろうに、悠司は宗教史に詳しい。

「歴史が好きなんだよ。西洋史をとってたんだ。歯医者なんかにならずに、高校とかの歴史の先生になりたかったな」

「えー、西洋史ですか、すごいですね」

「柏木さんはへんなことで感心するんだな。べつに西洋史をとったなんてことはすごくないよ」

「感心します。私は公立高校だったので三年のとき、数Ⅲも必須で、私立文系受験なのに、なんで数Ⅲなんかやらなきゃなんないんだと腹をたててましたから」

悠司は入試を終えたあとに、しかも理系学部だというのに、一般教養で選択した西洋史をエンジョイして勉強したとは、なんと立派な大学生だったのだろうと、イクは感心したのである。

「私もこれからの大学生活で布川さんの態度をみならわないとなりません」

「そこまで言われると恥ずかしくなるからやめてくれよ。いつも役に立たないことにばかり力を注ぐと文句言われてるんだから」

手動ミルでコーヒー豆を挽いたり、指揮者に凝って廃盤レコードを探してまわったり、趣味に没頭しすぎて、学生時代から珠子にいやがられていたと悠司は苦笑いする。

かしかし。テラス窓のガラスを、長毛の犬が前肢でこすった。

「ほう、散歩に行きたいか」

悠司がテラス窓をあけると、春の温気がリビングにもったりと入ってくる。うす茶と白のぶちの、細長い顔の犬の頭を、悠司はなでた。

「ぼくもうちのも、犬猫は飼ったことがなかったんだ。それを衝動買いしてきたものだから、飼い方が素人でさ……」

春先に姑が孫を観光地になっている牧場に連れていった。羊を柵の中に追い込む賢い牧羊犬を見て感激している観光客に向かって、孫が「犬は汚いとママが言ったわ」と大きな声で言った。「そんな情操教育上よくない言い方をされたの？」と姑が嫁に問い、「まあ、そんなふうに断じて申しませんわ」と否定した嫁は翌日ペットショップで、賢い牧羊犬ふうのこの犬を買ってきた。

「部屋を貸した人に犬の散歩をさせるというのはどうかと迷ったんだけどね……」

「私は犬と散歩するのが好きですし、部屋代も安くて、こちらにしてみれば大助かりです」

「そう言ってもらえると、やはりうちの奥さんのアイデアは正解だったんだなとほっとするよ。それじゃ、ぼくは午後の診療に行くので、よろしく」

「はい」

悠司に一礼して、イクはリードを持ち、ぶち犬の散歩に出た。

＊

ぐいぐいと、ぶち犬は勝手気儘にイクを引っぱる。リーダーウォークのしつけがされていないので、「お犬様のお通りだい」になる。

（なんだかよく吠えるやつだな）

引っぱられてイクは思う。実家で飼ってきた数匹の犬も、今飼っている犬も、よその家にいた犬も、テリトリーに足を踏み入れる動物や人、雷や花火など、何らかなりの嫌悪感を感じたときには吠えるが、ふだんは吠えないものである。なのに布川家の犬は、やたら吠える。

「こら、ぶち、吠えんときいな」

前を進む犬に言う。ほかの犬とすれちがったわけでもないのに吠えている。ただし大きくは吠えない。鼻から息が抜けるような、短い吠えだ。「ワン」というよりは「ハン」に近い。

ハン（こっちだ）、ぐいぐい。

ハン（あっちだ）、ぐいぐい。

こんなかんじで吠えてリードを引っぱるのである。住宅街の路地から路地、広めの道から広めの道、また路地から路地。ぶちにふりまわされぎみに、イクは不慣れな東京の住宅街を歩いていく。

袋小路のつきあたりまで来た。自動販売機とベンチ、躑躅《つつじ》が二株植え込まれた一角である。

ハン（帰るぞ）、ぐいぐい。

ぶち犬はUターンして、スピードをあげた。イクも歩幅を広げた。一匹と一人の前を、焦げ茶色の上着に焦げ茶色のズボンをはいた、どっしりとした体型の女性が歩いている。上下とも重たい色みなのでよけいにどっしりして見える。

ハンハン（おい、女）

とでも言うように、彼女の背に向かってぶちが吠えた。女性がふりかえる。右目の上に黒子《ほくろ》がある。六十歳くらいだと元美術部のイクが判断したのは、下膨《しもぶく》れに見える顔のためである。ピアスンのようにゆたかに頬肉がついていると、加齢にともない下降する。

「あら、布川先生とこのワンちゃん。じゃ、散歩係の学生さんってあなたね。先生から聞いたわ」

女性はぶちをなでて、イクにしゃべりかけてきた。犬をもっと散歩させるようにと悠司に助言したフカワ歯科クリニックの患者とは彼女であった。

「お庭にさえも放してないって、先生ったらおっしゃるんだもの、犬にしてみりゃ、そりゃイライラするわよね」

患者は初対面のイクに親しげに接してくれるが、話題は犬から逸れず、ずかずかと接近しすぎるところがないので、しゃべっていてもやかましいかんじがしない。

「このわんちゃんは鼻っ柱が強いから散歩がたいへんでしょう。変わった吠え方するし」

ハン。フフン。患者は真似をする。

「先生の奥さんのものまねをすると、この犬の吠え方になるのよ。似てない？」

「なるほど。たしかに」

珠子の、あの第一声の直前の鼻息を、飼い犬は敏感に模倣しているのかもしれない。そういえば、今、滋賀で飼っている犬も、父が「寮に入るような学生は卑しい」と怒鳴ったとき、その傍らでその怒声とそっくりに吠え続けて、父の怒りの形相の凄味をいやます効果音となったものだ。

「夫妻でそれぞれ犬を飼っていて、夫の犬は夫に、夫人の犬は奥さんに性格が酷似してしまったと書いてある本を読んだことがあります」

「へえ。おもしろそうな本ね、なんていう小説？」

「小説ではなくて……」

コンラート・ローレンツの著作名を、イクは患者に告げた。

「柏木さんは犬が好きなのね。よかったわ、そういう人に世話してもらうのが犬にとってもいいのよ。布川先生のとこは、先生も、先生のお母さまもお父さまも、犬や猫を飼ってたってはなしは聞かないわ。エンゼルフィッシュをだいじにされてたけどね」

患者夫妻は悠司の両親と同じ世代だという。

「へえ、代々の歯医者さんなんですね」

先代にも歯の治療をしてもらったので、エンゼルフィッシュのことを知っているのだとイクは思った。

「いいえ。布川先生のお父さまは会社にお勤めされていたわ。わたしがこの町に嫁に来たころ、回覧板を持っていったもの。歯医者さんは悠司先生から始められたのよ。お勉強がよくできたから始められたのね。東大卒ですって」

「東大卒？　布川先生って東大卒なんですか？」

「そうよ。いつも奥さんが御自慢なさるもの」

「……ですが歯医者さんなら歯学部卒なんじゃないんですか？」

「東大の医学部卒なら、歯医者もできるんじゃないの？　だってトラックの免許持ってる人はバイクに乗れるでしょ？」

（……そう、なの？）

東大卒ではなく、東京医科歯科大卒のまちがいなのではないかと、イクが患者に言おうとしたとき、彼女は立ち止まった。

「ここよ」

古い木造の家を指さす。

「ここが、わたしの家よ。前は野菜農家だったんだけどね、主人の親が亡くなってからは、農業はやめてアパートにしてもう長いのよ。ほら」

木造家の隣はクリーム色の、道に面して外廊下のある二階建の集合住宅だ。

「あなた、半年しか布川先生とここにいられないんだったら、もしうちに空きが出たら、うちのアパートに越せばいいわよ」

家賃はいくらだと患者は教えてくれたが、学生には高く、広すぎた。

「うちも犬がいるのよ。見てく？」

「でも、きっとこいつが……」

用もないのに吠えるぶち犬である。ほかの犬などと会わせたらどうなることか。

「そうねえ、うちのも雄だからねえ。そのこも雄だものねえ。それじゃあね」

＊＊＊

翌日。地下の学食の給茶器の前で、学生課の職員と会った。

学生は大勢いるから、向こうはイクの顔をおぼえていなかったが、彼のバタ臭い顔は大学構内で目立つ。布川珠子の名前を出し、いいところを紹介してもらった礼を言った。

「そりゃ、よかった。ちょっと話を聞かせてよ。紹介した責任あるしさ」

職員は給茶器近くのテーブルの椅子を、イクのために引いてくれた。

「で、どう？　どんなかんじ？　ミスと旦那とは」

「どんなかんじとおっしゃいますと？」

「いやまあ、べつに。常識的な挨拶だよ。ミスと旦那は元気かなと」

いわば私的にイクを布川家に仲介したのだから、そのさいに彼は珠子とやりとりしただろうに訊く。

「お元気でお過ごしです」

「へえ、ミスは旦那のこと、なんて呼んでるの？」

「……えーと、どうだったろう。……あなた、だったと思います」

つゆにも気にとめなかったことを訊かれると、よく思い返して答えないとならない。

「へえ、あなたねえ、へえ……」

「そのミスですが……」

「うん、なに？」

身を乗り出すように職員は上半身をイクに寄せる。とくに訊きたいことではなく、相槌がわりに訊いてみるかと口にしただけだったので、気が引ける。

「その……、ミス何でしたっけ？」

「ミス・ゴーゴー」

「ゴーゴー？　ダンスのゴーゴーですか？」

職員や布川夫妻はイクより一世代上である。

「そう。おれらが大学生のころにはディスコのことはゴーゴー喫茶と言った」

そこで知り合った男子大学生たちのグループができた。彼らは女子大学数校に『ゴーゴー大会』に参加してくれと誘いに行った。

「大会ってったって、べつに踊りの技術を競うんじゃなくて、審査員がいるわけでもなくて、たんなる合コンだよ——」

異性とめぐりあう機会をいつもさがしている年頃にあって、大会はそれでももりあがった。男子大学生たちはひそかに「どの女子がカワイイか」を人気投票した。珠子が第一位だった。以来、職員の属していたグループでは珠子は「ミス」と呼ばれるようになった——。

「ほかにもきれいな女子はいたんだよ。でもミスは目がぱっちりとして鼻が高くて、ロングヘアをさあっとなびかせていて、とにかく目立ったんだ。あのころのミスはほんとにきれいだった」

「今でもおきれいですよ」

「まあね」

貸間のことでミスから学生課に電話があり、職員と彼女は久しぶりに都心繁華街の喫茶店で会っていた。

「ただ、険《けん》のある顔になったじゃないか」

「そうでしょうか。そうは見えませんが」

眉間に横皺が入るのが珠子の顔の特徴である。ふつう眉間には縦皺が入り、それが陰険に見えたりするが、珠子の場合は横に入っているのでエネルギッシュに見える。

「いいや、険しい顔つきになった。だから夫婦仲がうまくいってないいんじゃないかと勘繰っちゃったんだよ」

当時、グループの男子学生たちはほぼ全員が珠子にアプローチしていた。しかし、全員が拒否され、やがてその中の数人のもとに結婚通知が届いた。

「いったいどんな福澤幸雄がミスを射止めたのかと思いきや、きみもミスの旦那を毎日見てるだろう、あれだよ」

職員にとっては、水も滴る二枚目の代名詞がレーサーの故福澤幸雄なのだろう。世代的な感受性というより、職員自身がバタ臭い顔だからなのだろうとイクは思った。そして一瞬、職員にはげしい憎悪を抱いた。憎悪と裏腹の、泣きたいほどの羨望でもある。自分を修整したような容貌、つまり自分と同系統の容貌を美男美女だと感じられる感受性は、職員が親から贈られたところの、贈られなかった人間が後年にどんなに努力しても決して手に入れられない珠玉だからである。

「あれだよ、きみ。あんな男だよ。鼻の穴が前向いた、短足でガニ股で腹の出た野郎じゃないか。結婚通知の封筒に入ってた写真見て腰を抜かしたよ」

ひどい言われようの悠司であるが、この過去のショックゆえに、職員は布川夫妻の夫婦仲を気にしていたと思われる。

「東大卒の医者ならこんな醜男《ぶおとこ》でも女はなびくんだなと女性不信に陥ったもんだ」

昨日の患者につづき、今日の職員も悠司を東大卒だと言う。

「あのですね、布川さんの外見のことは措いておいて、東大卒で歯医者さんというのは変わってないですか？」

「えっ、歯医者？」

「はい？」

「ミスの旦那って、歯医者なの？」

「そうです。フカワ歯科クリニック」

「はじめて聞いたよ。結婚通知もらったとき、久しぶりに電話したら、相手は東大卒でクリニックを開いている野郎だとミスが言うから、おれはずっと東大医学部卒の医者だと思ってた。じゃあ、東大じゃなくて、東京医科歯科大だったのかな。おれ、聞き違えたのかな」

昨日のイクのようなことを職員も言う。

「私、滋賀県の高校だったのですけど、80％の生徒が、東京農工大と東京農大を混同してましたよ。そんなものではないでしょうか」

「東京農工大と東京農大では大違いじゃないか」

「でも、滋賀県にいればそっくりに聞こえますし見えますし……。うちの大学なんか、滋賀県で95％の人が知りませんし……。だからその……、犬や猫にまったく関心がない人がいるように、関心のあることというか、注視する部分というか、そういうことは人によってぜんぜんちがうわけで、珠子さんは、結婚にさいしては、学歴や職業とかじゃなくて、悠司さんのやさしい性格にひかれたのではないでしょうか」

イクは思わず本心を口にした。自分の父と母を見てきて、心からこう思ったのである。悠司の珠子への気遣い。珠子の悠司の前でののびのびとした態度。自分の父母とはまったくちがう。

「ケー、なにを言ってるんだか。まあ、きみはまだ田舎から東京に来たばかりだからそう思うのかもしれないが、世の中というのは、性格がやさしいとか心がきれいなんてことはどうだっていいんだ。ラベルがものを言うんだよ。要領よくラベルを自分に貼ったやつが甘い汁を吸って贅沢に暮らせるんだよ」

地味な生活を課すメソジスト派の大学職員とも思われぬ発言を残して、彼は学食を去っていった。

*

夕方に、ぶち犬は連れずにイクは散歩をした。きゃつは美容院へシャンプーとカットをしに出されていた。

昨日、道で会った患者の家のほうへ歩いて行くと、昨日は閉められていた木戸が開いている。

香良の農村で見かけるような造りである。田んぼが広がる一帯にぽつんと、ぽつんと縁側のある家があり、敷地を囲む柵はなく、縁側から斜め前あたりに大石が二つ置かれ、石の間に両開きの木戸が設けられた家。

ゴーゴー喫茶が古くさいものとなった時代の東京杉並区には、田んぼも畑も広がってはいないが、「前は野菜農家だった」と患者が言っていたのが肯ける造りの家である。アルミではなく木枠にガラスを嵌めた窓の縁側を、観光客のようにイクはながめた。がち。

重い鎖の音がして、木戸のわきの大石の陰からのっそりと犬が出てきた。寝ていたのがイクの気配で起き上がったらしい。かなり大きな犬だ。セントバーナードよりは小さいが、ラブラドールレトリーバーより大きい。

そいつを見たとたん、イクは声を出して笑った。焦げ茶色の被毛。どっしりとした体型。マスチフ系の犬の特徴である垂れた頬肉のために下膨れに見える顔。全体は焦げ茶色だが、顔だけ色が薄い。なのに右目の上だけに真っ黒い毛が黒子《ほくろ》のように生えている。

(そっくり)

飼い犬は飼い主の患者にそっくりである。両者が似ることは、コンラート・ローレンツの著書にも書いてあったが、性質ではなく外見がここまで似るとは。

下膨れの大型犬は、もたりもたりとイクのほうまで二歩前進したあと、また前肢に顎をのせてすわってしまった。老犬である。

(どうしたものか……)

イクは犬がとても好きだが、飼い主の許可なくさわることはしない。

かれらは一様の性格ではない。たとえばトンは、いちおう飼い犬だったのにイクを咬んだ。「一生傷や」と母の言ったとおり、咬み痕はいまだに大腿に残っている。

かれらはまた、相対《あいたい》する人間をよく見ている。よく見て、相手を疎んじることもあれば、侮ることもあり、敬意を抱くことも、親愛の情を抱くこともある。だが、人間のほうには、かれが自分をどう見たかが、ほとんどわからない。

だからイクは飼い主の許可を得てから、犬にさわる。

さように苦労してまで犬にかまう必要はないではないかと、犬を好まぬ者は、犬を好む者に言う。そのとおりなのだが、それでもかまいたい。かかわりたい。犬にとっては飼い主の家の前を通りすぎる人間など、かりそめの関係にすぎない。それでも、なかには挨拶をしてくれる犬がいる。実にたんなる挨拶であり、かりそめの数秒にすぎないのだが、五秒か十秒のその間、てのひらから伝わる犬の被毛の感触や体温が、幸せなのである。

（……）

下膨れの犬はイクを上目づかいに見ている。しっぽを動かした。扇形を描いて二回だけ、ゆっくりと。

いかつい骨相なのに、やさしそうな顔だち。気苦労が絶えなかった嫁のような顔をしている。嫁いで以来、姑に気をつかいつづけたお嫁さんが、やがて自分が嫁いできたころの姑の年齢になったような顔。

「あら、布川先生とこの学生さん」

縁側の木枠の窓が開いて、声がした。サンダルを履いて木戸まで飼い主が来た。そっくりな顔が上下に並んだ。

「さわってもだいじょうぶですか？」

「だいじょうぶよ。子供はいやがるけど、大人ならだいじょうぶ」

飼い主から許可を得たので、イクは安心して下膨れの大犬をなでた。犬はしっぽをふって、イクにすりよってきた。授乳の形跡がある。雌である。

「よしよし」

どっしりとした背中をなでてやる。

「あれえ、よかったねえ、ゴー」

「ゴーちゃんというんですね。よしよし、ゴーちゃん」

「新宿でゴーゴー喫茶をやってた人からもらったのよ。ゴーゴーだと長いからゴーにしたの。そのころはこのへんにも田んぼや畑がけっこう残ってたのよ」

門につないでおくと、からかっていじめる小学生がいた。そのせいで、もはや小学生なら見ただけで逃げる大犬になったのに、ゴーは子供をいやがるのだそうだ。

「ゴーを飼う前は、鶏くらいしかうちにはいなかったわね。卵を産むからね。わたしがこの家に嫁に来たころは、このへんは肥やしの臭《にお》いがぷーんとしてる田舎だったわよ。畑ばっかりでね」

夕日を受けて、飼い主も飼い犬も似た顔で目を細める。

「犬を飼うのには主人の母は猛反対したの。わたしに子供ができなかったもんだから、うちの嫁は犬しか産めないのかいってね。厳しいお姑さんでね」

姑に味方するかのように、近所の小学生たちがバットでゴーを小突いたり、小石を投げたりした。

「子供ってしつこいのよ。いじめるのはこいつだと決めたら集中攻撃するの」

キャーン、キャーンと啼く声を耳にすると畑から走っていって子供を追い払ったのは、彼女ではなく、彼女の夫だった。

「やさしい人なのよ。祝言あげたときから今でもずっと。私のことといつもお姑さんからかばってくれたし、ゴーのこともよく面倒みてくれた」

そのうち姑もゴーに親しみ、「やっぱり犬を飼ってよかった。こいつは賢いし泥棒よけになるし安心できる」と舅《しゆうと》とともに喜んでくれたそうだ。

「ただ、みんな、ゴーがまさか、こんなに大型の犬だとは思わなかったけどね」

飼ってよかったと喜んだゴーが大きな成犬になって数年すると舅が亡くなり、さらに数年たって姑も亡くなった。

「それでもう畑はやめようと主人と話して、アパートにしたのよ。子供もいないしね」

患者はゴーの腹をなでる。

「そうだねえ……。お姑さんは、厳しかったけど、いろいろと大事なことを教わったわ」

笑ったが、あっはっはと豪快な笑い方ではない。つらい思い出も頭をよぎったのであろう、しょんぼりした音色がわずかに含まれていた。

「……ゴー、ゴー、いいこだね」

イクは飼い犬を代わりになでた。

＊＊＊

入梅も近い日曜。教会からもどったイクが玄関の戸を開けると、布川夫妻の令嬢が下駄箱の前に立っていた。壁面下駄箱の一面が大きな鏡になっており、それにキラキラ光るカチューシャをつけた自分を映していたようである。

「ごきげんよう」

令嬢はイクに言った。彼女の通っている幼稚園では人に挨拶をするさいにはこう言うことになっているとのことなので、

「ごきげんよう」

イクも倣って返した。

バスケットシューズの紐をとくためにかがんだイクを、令嬢はじーっと見た。『父親から溢れる愛情をそそがれて育った女性は他者に相対するとき臆さない』と、おとといの五限、一般教養の心理学の講義で聞いたばかりだ。

「あなたはプレイガールなの？」

イクは訊かれた。プレイガール。ちょうど一世代ぶんの古い名詞には、かえってなつかしいほほえましさがある。令嬢は令室の語彙《ごい》をそっくり踏襲したのだろう。

「一人で東京に出てくる女の人はプレイガールだってママが言ってた」

「ううん。お祈り《pray》する女の人をプレイガールというのよ」

「へえ」

「月に一回しか、プレイしなくなってしまったけど」

「へえ、プレイが減ったんだね」

大学生と園児はしばしば見つめ合った。

令嬢の声は珠子にそっくりだが、顔は似ていない。珠子の鼻はツンと高いが令嬢は低い。目も、珠子は二重の線がくっきりとして幅も広いが、令嬢は腫れぼったい一重だ。だが、悠司にも似てはいない。エンゼルフィッシュを飼っていたという祖父母似なのかもしれない。

「散歩する犬、引っ掻かない？」

五歳児らしく、令嬢は話題を急に変えた。

「引っ掻かないよ」

「吠えない？」

「そうだなあ、吠えるなあ」

「なんで？」

「さあ」

「吠えたらどうするの？」

「吠えんときいな、って言う」

「ホエントキーナ？」

「そう。吠えんときいな」

「ホエントキーナ」

令嬢は、滋賀方言を呪文のように復唱する。スペイン語のように聞こえた。

「そしたらだまる？」

「だまるよ」

「パパー」

令嬢は不意に駆けていった。

「こら、タルトを食べたんだからすぐに歯を磨かないとだめでしょう。虫歯になってキューンキュイーンをお口の中にいれるの、いやでしょう」

タルトより甘い声で歯科医らしく注意するのが聞こえ、

「柏木さん、いっしょに犬の散歩がしたいって娘が言うんだけど、あとで散歩するとき、三人でするのでいいかな」

悠司が玄関に来た。

＊

イクはリードを令嬢に持たせた。
ハン（こっちだ）、ぐいぐい。
ハン（あっちだ）、ぐいぐい。
園児のほうが散歩させられているように、ぶちは勝手放題に住宅街を歩く。
ハン。
次にぶちが吠えたとき、令嬢に代わりイクはリードを短くぎゅっと持ち、足をとめた。
ぶちはつんのめるように前肢を上げた。
「こっちだ、来い」
イクが引っ張った。ぶちではなくイクが行きたいほうへ歩を速めた。
ハン（なんだよ）
ハン（なんだってんだよ）

といったていで、細長い顔のぶちはついてくる。そのあとを悠司と令嬢もついてくる。

「よし、おすわり」

自動販売機と躑躅二株とベンチのある一角で、イクは犬をすわらせた。ハン。また吠える。

「吠えんとき」

突き出た細長い口吻を、テニスのラケットを持つ要領でぎゅっと掴むと、ぶちはすごすごと尻をひいた。

「おすわり。お、す、わ、り」

イクが野太い声を出すと、クーンと鼻をならしてぶちはイクの命令に従った。

「ようしよし、いいこだ」

しゃがんでぶちをなでてやる。

「へえ、たいしたものだねえ、あなたは」

悠司の声が頭の上から聞こえた。

「ぼくはいつもこいつにふりまわされてたのに、たいしたものだ」

「ホエントキーナ」

令嬢はイクのうしろから唱えた。

「さわっても平気？」

「平気だよ」

イクと令嬢は場所を交替した。令嬢はこわごわなでたが、ぶち犬はおとなしい。

「ホエントキーナ」

令嬢が唱えると小首をかしげる。飼い犬にはじめて興味がわいたようで、幼女と犬は仲良く遊びはじめた。悠司とイクはベンチにならんですわった。

「柏木さんは何匹か犬を飼った経験があるの？」

「はい……。でも、父親がしつけるのを見てただけで……」

「ぼくもあなたみたいに配偶者のリードをひけるといいんだけどね。彼女は女子大生のころ、ミス・ゴーゴーというやぼったい綽名《あだな》をもらっているんだよ。そのせいか、なんでもゴー、ゴーと勢いがよくて。よすぎて、やれやれなところのある女性でね……」

悠司は西洋ふうな、やれやれというジェスチャーをしてから、

「ぼくはサエない外見の学生だった」

と、日本的にやれやれと肩を落とした。

「あの人にはとりまきの男性が大勢いたんだ。中学や高校のときなら、自分など選んでもらえるわけないやとあきらめたんだろうけど……」

大学生のときにはあきらめなかった。東大に入ると、東大というだけで女性からの視線がちがうことを知った。

「でも、ふられたんだ」

そのふったときの珠子の言い分は「文学部なんてバカみたいだわ。医学部じゃないと」だった。悠司はひどく傷ついた。

「文Ⅲじゃだめなんだよ」

東大生ゆえに、その細かな格差が身に沁《し》みた。

「それで歯医者になったんだ」

卒業してからまた歯科大を受けて卒業し、しばらくして開業した。

「理Ⅲに転部するのは苦しかったから、すぐに入れそうな私立歯科大を受けたんだよ。シガクはシガクでも、史学から歯学へチェンジしたわけ」

すると珠子は結婚に応じたという。

「げんきんなものさ。東大卒の医者。いちおう嘘ではないけどね」

「でも、その……、奥様はさいしょから布川さんのことを憎からず思ってらしたのではないでしょうか」

イクは自分の父母のことを、すこしではあったが悠司に打ち明けた。

「だから思うんですけど、奥様は先生から告白されたとき、まだ大学生だったから、すぐ結婚というのは困るわと思って、一種の照れというか、とりあえずの弁で、医学部だったらよかったのにとおっしゃったのでは？」

「そうだといいけどね」

「ほら、体育の授業でしごかれてるときに、うへえ、もう死ぬーとか言うじゃないですか。ほんとに死ぬんじゃないでしょう。それみたいに、東大卒のお医者さんとなら結婚するというのも、本気じゃなくて……」

「そうだといいけどね」

悠司はポケットからむきだしのたばこをとりだして吸った。細長いメンソールのたばこである。

「あの人はドレッサーの抽斗にたばこを隠してるんだよ。おふくろや娘には隠れて吸ってるんだ」

令娘の注意がぶち犬に向いていることを確認してから悠司は小声でうちあけた。

「それはまあ、嫁の立場とか教育上の影響とか……」

「そうだといいけどね」

三度目の「そうだといいけどね」のあと、深く吸って深く吐いた。

「レントゲンを見るまでは、柏木さんが言ったようにぼくも思ってたよ。歯科大に行き直したのだって、なにも惚れた一心でというのでもなかった。自分なりに人生設計をしてのことだったし。でもレントゲンを見てからはなんだか複雑だな」

「レントゲン？」

「顎が痛いというのでうちの奥さんのレントゲンを撮ったんだよ……」

歯ではなくほかに原因があるかもしれないと念のために、それこそ東大病院で精密検査をした。幸い問題はなく、やはり原因は埋もれた親不知《おやしらず》だった。

「でもフィルム見てわかった。鼻にシリコンプロテーゼが入ってるのが」

珠子は隆鼻術をしていた。鼻のつけ根に横皺が入るのは、相当に厚いプロテーゼで隆鼻させたためである。

「たぶん、二重があんなに光るようにくっきりしているのもメスで切開したんだな。なにか飲む？　コーラでいい？」

悠司はポケットから小銭を取り出し、銜《くわ》えたばこでボタンを押した。

「はい」

「あ、すみません」

イクはコーラの礼を言ったのだが、悠司はそれを謝りの意と受け取った。

「いや……、すみませんと言わなくちゃならないのはぼくのほうだよね、こんな話をされても困るよね……。ただ、あなたは関西から東京に出てきたさばけた女性かと思いきや、ゴーゴー喫茶にも行かずに教会の礼拝に行って、犬の散歩もよくしてくれるような学生さんだから……」

だからなんなのか、その先はなかった。

「でもね……、ぼくは妻のことは本当に好きだったんだよ。他人からしたらたんなる見栄っ張りに見えるかもしれないけど、いつもいいとこ見せようとして必死なんだよ、そこがかわいいなあと大学生のころ、思ったんだ」

そして悠司はつづけた。

「自分がそうではなかったから」

と。それが珠子に惹かれた理由だと、悠司は言った。

「小学校のころから小太りで脚が短くて運動はぜんぜんだめで、自分の外見が嫌いでコンプレックスが強かったから、彼女みたいにいつもぐいぐいゴーゴーと進んでる人をいいなあと思ったんだ。すごくいいなあって」

よくわかる。

これはイクが思ったことである。

「こんどは親子三人で散歩なされればいいのに。そのほうがきっとぶちだって……、あ……」

イクは口を手でおさえた。実は、この犬の名前は、ぶちではない。

「ラ、ラッシーもうれしいかと……」

ラッシーが本名なのである。

「すみません。さきほど私が教会に行くことを褒めてくださったようでしたが、私は毎週行くわけではないですし、敬虔《けいけん》だからではなくて、ただ賛美歌を歌いに行っているようなものでして、滋賀にいたときにいたっては外出の口実に教会に行ってたのですし……、決してよくできた学生ではなくて……。

　ですからその、実はその、犬の名前を聞いて、なにがラッシーや、と思ってつい、ぶちと勝手に呼んでおりましたのです」

　ぶちはシェットランドシープドッグである。ラフコリーを愛玩用に改良した犬種である。

「いいよいいよ。ぶち。ぴったりの名前じゃないか」

　悠司は大きく笑った。ゴーの飼い主である彼の患者のように、しょんぼりとした音色をどこかに含ませて。

「よし、今日からぶちに変えよう。シェットランドシープドッグがラッシーなんてかなしいよな」

　悠司はベンチを立ち上がり、令嬢とならんでしゃがんだ。

「ぶち、ほら。ぶち、お手」

　悠司は毛足の長いシェルティの前肢を引っぱった。

「お手、ぶち。お手」

　令嬢も父親の真似をした。

　ぶち。この名前のほうが犬もらくそうにしている……ようにイクには見えた。

歌いに行っている　このころはまだカラオケボックスがない

ペチコート作戦

ぶ、ち、のいた家の次の家は、犬を飼っていなかった。

その次の家にも犬はいなかった。シャム猫が二匹いた。

やや太めの娘猫は、その家の家族みなによくなついていたが、すらりとしてお、す、ま、し、な外見の母猫については、「愛想のないこで、主人にしか抱っこさせない」と大家から言われた。だからイクもかまわないようにしていたら、それがきゃつの気をひいたのか、「いやあね、このこは。どうしちゃったのよ」と大家家族を少々不愉快にさせるほどイクになついた。

襖を開けてチュチュッとイクが舌を鳴らせば、銀灰色の毛と青い目をした母猫は「ミー」と応えて、しなやかに跳んでイクの両腕の中に入り、青い目を細めて顔をこすりつけた。

卒論を書くのに夜更かしをし、机から布団へなだれ込んでイクが寝ていると、イクの胸の上でおすわりをしていたこともある。そのときイクは、広辞苑を三冊も胸にのせられる夢を見て、うう、うう、と低い声をあげて目をさました。イクのまぶたが開くと、すました顔で「ミー」と啼いた。

こうして卒論を書きながらイクが就職活動をしていたのは、男女雇用機会均等法施行前の時代である。四年制女子大学生は就職試験を受けるだけでも制約があった。企業人事課では「一人暮らしをしている女子学生はふしだら」と見ているという風評があった。じっさい一人暮らしのイクは次々と就職試験に落ちた。あらためてイクには「大学の寮に入る女子学生は卑しい」という父の怒りが不可思議だったが、一人暮らしが不合格の理由なのかどうかは不明である。というのもイクはイクで就職先を極端に絞っていたからだ。清掃会社とホテルに。ためしに株式会社バレの試験を受けるさいは、シャム猫の飼い主に「親戚ということにしておいてもらえませんか」と頼んだ。（株）バレはイクを採用した。ｂａｌａｉ《箒》の社名は清掃業を始まりとするからであるが多角経営に乗り出して久しく、イクはホテルの清掃係ではなく、本社の庶務課に配属になった。

（株）バレに通勤して数年したころ。

通勤電車で薄い写真雑誌を繰っていたイクは、そこに載っていた男女の写真を見て思った。

「この人は、この歌手に恋をしてはったんやろか。それとも歌手やさかい宣伝になると思《お》もわはったんやろか」

女性歌手と写っている男は中江滋樹。「投資ジャーナルグループ」の主宰者である。株に関心があったわけではない。写真に目をとめたのは、中江滋樹が滋賀県出身だからであった。そんなころのはなしである。

シャム猫を飼っていた家の次の家は、家族経営の美容院だった。犬猫はおらず、庭をへだてた自宅でハムスターを飼っていた。あるときチーフ美容師に「庭も家も店もこわしてビルにすることにしたのよ。それでね、ほら、清香《きよか》さんとこどうかしら」と、次の貸間の大家となる初音《はつね》清香を、イクは紹介された。

＊＊＊

小型の白い犬を抱いて、初音清香は改札を抜けたところに立っていた。

「かわいいでしょ」

(いいえ)

思わずイクは言いそうになった。すこしもかわいくなかった。

(ふん、ベンジーの犬か)

そう思っただけだ。大ヒットしたアメリカ映画に出ていた種類のやつだなと。よくいるやつだなと。

「はい、ベルちゃん、ごあいさつしましょう。はじめましてって。こんにちはって」

草履をはいた足を内またにして清香は、ベルちゃんとやらをなでながら、白い毛に被《おお》われたそいつの小さな顔をイクのほうにいっそう近づけてくる。

ふしぎだ。チワワやプードルやシーズーといった小型犬の飼い主は、なぜ自分の犬を他の人間もかわいいと思うと信じているのだろう。中型大型の犬の飼い主にはない特徴だ。

「ベルちゃん、よかったわね、柏木さんがかわいいですねって」

（言っていない）

「ねえ、ベルちゃんはかわいいものねー」

（どこが？）

また思わず言いそうになった。もしかしたら言ってしまったかもしれない。だがベルちゃんの飼い主には、聞き取りにくい波長の声は聞こえなかっただろう。幼児のころから何を言っても、八割がひとりごとに終わってしまう。なので、聞こえなかったのか、それとも口に出していなかったのか、イクは自分でもわからないことがよくある。

「わたくしが外出のときはお庭に出てるんですが、柵から見えるんですの。通りかかる方がみなさん、かわいいかわいいとおっしゃるもので、自分の名前は『かわいい』だとおぼえてしまうんじゃないかしらと、心配になりますわ」

（笑うところなのか？）

ここは笑うところなのか、それとも清香とともに心配そうな顔をするところなのか、考えているうちに返す機を逸してしまった。

「統計ミス……」

「え？」

統計ミスではないか、とひとりごとを言ったのだが、れいによってイクの声は雲散霧消した。

「あたし犬はニガテなのよ。猫だけ好き」と、いつも言う大学時代の同級生がいる。

「オレは服を着てる犬がイヤだね。バカみたいに見えるね」と、会社の上司が言ったことがある。

（そういう人だって道を歩いているだろうに）

通行人みんながかわいいと言うのではなく、通行人のうち、この犬をかわいいと思った人のみが柵に近づいているのだ。統計ミスだ。

（ふん）

イクはじろじろとベルちゃんを見た。レモン色の服を着ている。排泄のために肛門のぐるりだけでなく、後肢のあいだもくり抜いたように編まれているから雄犬である。赤いフエルトのBに野薔薇がからまったアップリケは、あとから縫いつけたのだろう。アップリケの赤とそろいの色のリボンが耳に飾られている。

(子役タレントみたいなヤツ。こづらにくい……)

こまっしゃくれて、いつもちやほやされていい気になっている。上司のコメントのとおり、服を着ている犬は頭が悪そうに見える。

(こんな犬をかわいいと思うのは目の悪い人だ。通行人のうち、目の悪い人が柵に近づいているにちがいない……)

心のこもらぬお世辞さえ出ないほど、ベルちゃんはイクの琴線にふれない。びくともしない。

(……しかし、なにか言わないと大家さんが気を悪くされよう……)

この子役タレントのようにこまっしゃくれた犬の飼い主である清香の家の三階の一室をこれから借りることになった。前大家の美容師からの紹介だから、すでにはじめましての挨拶はすませている。場所も近い。同じ私鉄沿線の一駅ちがいだ。まず先にこまごまとした物を部屋に運び入れるため、旅行鞄を持ってやってきたイクを、清香はわざわざ駅に出迎えてくれたのだった。

「なん……とい……類なんですか?」

「なあに? なんとおっしゃったかしら。わたくし、年齢《とし》のせいで耳が遠くなったかしら」

れいのごとくのイクの声である。

「なんという種類なんですか？」

犬種を訊いた。マルチーズだろうとは思ったが。

「ああ種類ね。ビションフリーゼよ」

県立香良高校生のころから持っている犬図鑑で、あとで調べたところ、起源説はわかれるものの、マルタ島の犬、すなわちマルチーズのうち、被毛に軽くウェーブのかかったものをカーリーコーテッドビションとかビションフリーゼと呼ぶらしい。

（ふうん、ビションフリーゼね。ビションフリーゼとはね）

この犬種名がまたチャラチャラして聞こえた。芸能雑誌に「人気子役のビションフリーゼちゃんは毎晩寝る前に付き人さんに髪にカーラーを巻いてもらっています」などと出てきそうだ。

（そんなことを言うならラブラドールレトリーバーだって、アペンツェレーキャトルドッグだって、アラスカンマラミュートだってチャラチャラしていると思えそうなものだが、思えないのはなぜだろう）

自問自答した。とどのつまりイクは小型犬が好きではないのである。犬好きは猫を好かず、猫好きは犬を好かぬことがよくあるが、イクは両方とも好きである。が、小型犬は「ならば猫を飼えばよいではないか」と感じられるのである。

清香が抱いていたのがよくなかったのかもしれない。「体が悪いわけでもないのだから自分で歩かんか」とつい思ってしまう。

（親の庇護のもとにあるくせに、いっぱしの能書きをたれる渋谷のセンター街にいる中高生のような犬め）

イクはベルちゃんを見下ろした。居丈高に出てやろうとしたつもりはない。六十二歳の清香は世代的にも個体差的にも、二十七歳のイクよりずっと小柄であったため、抱かれたベルちゃんは、自然とイクが見下ろす位置になったのだ。

イクの上から目線に、白い小型犬はもぞもぞと清香の着物の合わせに顔を埋《うず》めるようにした。ニットのサロペットを着てバカそうに見えてもさすがは犬。ハムスターやエンゼルフィッシュとは知能と情感の発達がちがう。自分がイクに不興を買ったことを、賢《さか》しらな子役は察知したらしい。

「あら……」

清香さんの眉根がやや寄り、首がやや傾く。

「柏木さんはもしかして犬は苦手でいらっしゃる？　ベルちゃんは咬みませんわよ。すなおでよいこです」

「犬は基本的に好きです」

イクの声質では「基本的に」のところもちゃんと相手に聞こえたかどうか……。

「まあそう。ベルちゃんのよいお友だちになってあげてね」

室内犬。室内で犬を飼う人。こうした存在にじっさいに会ったのは、清香さんとベルちゃんが初めてだ。高校までを過ごした滋賀県ではずっと犬を飼ってきたが外飼いであったし、知人友人宅の犬もそうであったし、フカワ歯科クリニック宅もそうであった。

「努力します」

「ええ、ええ。よかったわね、ベルちゃん」

だれもがベルちゃんをかわいいと思うと思っている小型犬の飼い主には、イクが居酒屋チェーン店々員のように「はい、よろこんで」と返事をしたように聞こえたようだった。

＊＊＊

清香は、お嬢ちゃまがそのままおばちゃまになったような婦人であった。終戦の年に初音家に嫁いできて一女と一男をもうけたが、十年ほど前に「主人がすこし体調を崩しまして、しばらく入院しておりましたのですが亡くなりまして」とのことで未亡人になった。

そこで大きな邸宅を取り壊し、三分の二を賃貸集合住宅にした。ただし、イクが住むのはここではない。2DKは単身者が住むには広すぎるし高すぎる。居宅は敷地の三分の一に建てたかわりに三階まである。この居宅のほうの一間を、上京以来のとおりの「貸間」

で借りたのである。

「ベルちゃんがお庭に出ていると通行人からかわいいと言われる」というのは雑草が生えた、居宅と集合住宅との廂間だ。

三階建といっても、三階にあるのは、二畳の納戸と五畳の洋間のみ。階段をあがったところの凹みを利用して、かたちばかりの洗面台があった。イクが借りたのは五畳の洋間である。よって台所とトイレは清香の家族と共用になる。料理する場合は、洗面台の横に置いた小さな冷蔵庫から材料を出して、二階に下りて台所を借りるのである。トイレは二階と一階にあったが、風呂は一階にしかない。「お風呂もお使いください」と清香は言ってくれたが、前の大家である美容師から「柏木さんの前にいた人は銭湯に行ってらしたわ」と聞いていたから、上京以来の貸間生活のとおり、風呂は銭湯に行き、洗濯はコインランドリーでする。

昭和も六十年代に入っている。「貸間」も不人気なのに、ましてや台所が大家と共用では、借り手がつかない。だから格安家賃である。

こうした形態の貸間でも、とくに不自由さや不便さを感じないような暮らしを、つまりイクは上京以来ずっと変わらず続けているということ。恋愛とは無縁であった。

上京できたことで京橋のフィルムセンターに行ける。ＡＭラジオがクリアに受信できる。ブラジャーが洗えて干せる。「あんたの鼻は溶けたように低い」と母親から顔を指さされずにすむ。「女は非論理的だ」と父親から蔑視されずにすむ。等々、これだけでランラランと朗らかに過ごせた。

しかし。東京だけにいられる暮らしは長くは続かなかった。まず、明治四十四年生まれの伯母が病床についた。ソ連軍が攻め寄せるなか頭を丸刈りにして男のなりをし、大陸満州公主領から祖国に逃げ帰った彼女には身寄りがなかった。倒れるまでは交流のなかった伯母であるが、まとまった休日にはイクがようすを見に滋賀にもどらねばならなくなった。「まず」というのは、このあとも高齢の親族は年齢順に病床についてゆくからである。

一人暮らしだから就職試験に落ちたのかどうか不明なのと同様、病人のようすを見に東西を往復する暮らしが恋愛を遠ざけた原因なのかも不明である。

ただし、「当人に関心がなければどんなに絶好の機縁も相手の胸に残らない」なら、聖パウロもウインクして同意してくれる真実であろう。イクは、タンスの中のブラジャーを隠しておかずともよくなったうれしさや、雨降り画面の映画ばかりにすっかり気をとられていたのである。

通勤路には第三セクター運営のコミュニティセンターがあった。図書館と貸集会室と食堂がある。図書館は七時で閉まるが、集会室で各種カルチャー教室が開かれるため、食堂は九時までいられる。朝に出勤し、残業がない場合、夕食はコミュニティセンター、夕食

『心に愛がなければ、どんなに美しいことばも相手の胸に響かない』聖パウロ　143ページ参照
雨降り画面の映画　フィルム劣化で雨が降っているように見える古い映画のことをかつてこう呼んだ

後も館内で本や新聞を読み、駅から初音邸までの途中にある銭湯に寄って三階の自室にもどる。清香とベルちゃんは一日の大半を二階で過ごす。一階は清香の長女と長男が使っているが、不在がちなのと、玄関戸を開けてすぐが階段なので、顔は合わせない。

こんな次第なので、台所も大家と共用の貸間といっても、初音邸に越してきて二カ月、イクが不便だとか窮屈だとか感じることはほとんどなかった。

＊

桜が満開のある夜。初音邸にもどったイクが玄関戸を開けると、暗闇でふわりとしたものが閃《ひらめ》いた。

框のすぐ前は階段。階段の横に細い廊下。廊下のつきあたり手前のドアがわずかに開いた。そこから袖……袖らしきものが見えたのだ。廊下に灯はついておらず、玄関の灯に照らされたものだから、水色なのか白なのか明度の高い色がパッと目に入った。

カカカッと廊下の板を爪で鳴らしてベルちゃんがイクのほうに走ってきた。

「ただいま、ベルちゃん」

帰宅すると必ず出迎えてくれるものだから、初対面の「こづらにくい子役タレント」であった印象は、二カ月を経て「子役の中ではけっこうちゃんとしている」に変わりつつある。

（じゃあ、毛だったのかな）

衣服の袖のように見えたが、ベルちゃんのウェーブがかった白い長毛だったのだろうか。一階は、玄関に近いほうが長女の部屋で奥が長男の部屋だと清香から聞いている。ベルちゃんは廊下のつきあたりのほうから出てきたから、飼い犬を部屋の外に出したのは、弟である長男のはずである。

清香が「どちらも身体が弱くてね、なかなかいい御縁がなくて……」とのんきそうに言う長男長女は、姉が四十一で、弟が三十九だそうだが、イクはすがたを見たことがない。気にもしなかった。二人とも生活サイクルが夜型なのだろう、あるいは海外に行くことが多い仕事でもしているのだろう、くらいに思っていたのである。

「猫だけが好き」な元同級生も、「服を着た犬はバカに見える」と言った上司も、独身で実家に住んでいる。「イクは一人暮らしだからいいわね」「一人暮らしの柏木くんがうらやましいよ」などと二人とも言うが、それはだが、実家の居心地がよいということなのだ。清香の長女長男もこの部類だな、犬も姉弟もこづらにくい一家だ、くらいに思い、今夜まで気にもしなかったのだが、

(何してはるんやろう……)

ベルちゃんの頭をなでながら、靴も脱がず、框に立ったまま、暗い廊下を見た。ラジオやTVの音が聞こえるでもなく、みしみしと、だれかが部屋にいる気配だけはする。

(……)

わん。わん。ベルちゃんが不平そうな吠え声をあげた。自分の頭にふれている手が自分とは別のことに意識を向けていたりすると、犬は敏感に察する。

「はいはい、かんにんかんにん。ベルちゃん、ただいまただいま」

靴を脱ぎ、階段をのぼった。小さな丸い尻をふってベルちゃんもついてくるが、清香のいる二階までだ。三階への階段は勾配が急で、小型のベルちゃんは上手にのぼれないのである。

＊＊＊

休日の午前十時過ぎに、ベルちゃんがうろちょろする玄関から道路に出ると、くるぶしが見える丈の細身のチノパンツにデッキシューズを裸足で履いた男性から、声をかけられた。

「きみがそこに次に入った人なんだ」

初音邸を指さしている。

「前はぼくがいたんだよ」

彼はイクのいるほうへ道路をわたってきた。ウォークマンのイヤホンが彼の手の下でぷらぷらゆれた。

「ここ、格安でよかったんだけどね。今住んでるとこなんか、ここなんかよりずっとボロいのに、ここより高いんだぜ」

イヤホンを耳から抜いただけだったウォークマンのスイッチを、彼はカチャンと切った。「今んとこなんか日当たりもよくないしさ。三十歳までにはなんとかもっとカッコいいとこに引っ越したいもんだよ」

「へえ」

風薫る季節。晴れた休日。頭上では栴檀《せんだん》や楠木《くすのき》がさらさらと葉擦れしている。前住人の瞳は木もれ日を受けてキラキラしていた。彼にもイクの瞳はそう映ったであろう。

同じ年頃の二人は並んで歩き出した。駅に向かって。しゃべりながら。

そばで並ぶと彼はそう背は高くないのだが、痩せぎすなのと洋服の色彩の組み合わせ方がしゃれているので、すっと高い印象を与える。

「初音さんとこはさ、貸間に入ったのは俺が最初だったから、三階は真新しくてきれいで、東南角だから明るくて、そのうえ家賃が……」

「破格だよね」

「そう。そのうえ初音さんていう人がまたお嬢さん育ちつうか、やさしいだろ？」

「うん」

清香の口癖は「父は秋山中将《ちゅうじょう》と同じ愛媛第一中学を出まして」である。西日本のイン

カチャンと切った　昭和六十年代、まだ音楽再生機はカセットテープを用い、スイッチの入切のさいにはカチャンという音がした

トネーションの残るその口癖には、秋山真之《あきやまさねゆき》の威《い》を借るようなところはまったくない。すなおに伊予《いよ》をなつかしみ、亡き尊父を偲《しの》んでいるだけなのである。すなおさは人を愛らしくする。

「ただ、さっき表の柵から顔出してたあの白い犬が、俺はあんまり得意になれなかったけど」

「ジャーマンシェパードこそ一番と思う派？」

「俺を犯人扱いしやがりそうだからいやだ。ポメラニアンってわかる？」

「ヴィクトリア女王様が好きだったやつ」

「そうそう。きみ、犬に詳しいんだね。じゃ、ポメラニアン、さわったことある？　俺んとこで……、あ、実家ね、実家で飼っててさ。あれは毛がふわふわでさ、小っちゃくてさ、まるで……」

まるでぬいぐるみなんだ。

その表現は、役者にマヌカンみたいだと形容しているようで、犬には不名誉なことだとイクは思うのだが、彼は褒めているようだった。

「サイコーだよ、ポメラニアンは」

彼がベルちゃんを「あまり得意になれなかった」のは、イクとは逆の理由だった。前住人にはビションフリーゼは大きすぎたのだ。

「清香さんが飼ってた犬が気に入らなくて引っ越したの？」

「そんなことくらいで出ないさ……。気が滅入ったから出たんだよ」

「気が滅入る？」

「そ。じゃ、またね」

駅につくと前住人は歩を速めて改札を抜けていった。ホームの左右ともに電車が入ってきたのだ。イクは急いでいなかったので、次の電車を待った。

四駅先に、この私鉄沿線では大きな街がある。そこで降りた。商店街をつきぬけたところにバラック建のような名画座がある。そこで怪奇映画二本立てを見た。

映画を見たあと、イクはマクドナルドで昼食を食べていた。

「あれ、また会った」

プラスチックトレーを持った前住人が、前にすわる。イクはコーラをごくんと飲み、訊いた。

「さっきの話だけどね、気が滅入ったから出たっていうのは、まさか、幽霊が出るからとかっていうんじゃないよね？」

「それに近いかも」

「え、いやだな。ほんと？」

「だいじょうぶだよ、幽霊は出ないよ。人間に気が滅入ったんだよ」

名画座　レンタルヴィデオが普及するまで、古い映画は名画座で見るしかなかった

「台所が共用なのはやっぱり煩わしかった？」

「いや、そんなことは俺はオール外食だからかまわなかったけど……。えーと、うんとさ……、こんなことときみに言っていいのかどうか迷うけどさ……」

彼は言った。

「あそこのお姉さん、何してるか知ってる？」

知っているか、と質問形だが訊いてはいない。自分が知ってしまったことを他者にも知らせたいとき、よく人がとる質問形だ。

「あそこのお姉さん、もう十年近くM病院に入院してるんだよ」

M病院は精神科専門の病院である。

「弟もだよ……。入院してないけど、ずっと通院だって」

初音邸のある地区で長く不動産屋を営む老夫婦から聞いたそうだ。

「あそこの死んだ旦那さん、初音さんのはぶりがよかったころは運転手付きの黒塗りのセドリックに乗ってたんだって。

初音さんは戦時中には海軍だったから、愛媛に行かされて、そのとき清香さんの親戚と知り合ったのが縁で、終戦になって清香さんと結婚したんだって。それから初音さんは親の会社を引き継いで大きくする事業をおこして……」

不動産屋夫婦が『初音家の人々』という題で本を著せるのではないかというくらい、それも二段組上下巻のサーガにできるのではないかというくらい、他人の家のことをよく知っているのに、イクは呆然とした。

「東京にもいるんだね……。滋賀県とか京都だけだと思ってたよ」

どの都道府県にも、どの町にも、どの国にも、「近所のことをなんでも知っている人」というのはいるのである。

「その不動産屋さんって、駅から初音さんとことは反対のほうに進んでった曲がり角の、古い床屋さんと並んでるとこ？」

「そう。入り口に狸《たぬき》がいるとこ」

入り口のニッチになぜか小さな信楽焼の狸が飾ってある。

「どうやってそんなになんでも知ったんだよってくらい知ってるんだね」

「やっぱ不動産屋だし、あちこちからいろんなこと聞くし、清香さんとこはアパートやってるわけだし、そんなこんなで知っちゃうんじゃないか」

狸不動産は、故・初音氏の実業家ぶりはもとより、氏の親戚の現住所、長女（姉）と長男（弟）の通った小学校、中学校の参観日での様子、お嬢様私立高校での成績や、お坊っちゃま私立高校での担任教師の名前まで知っていた。

「七浪もしたんだよ」

清香の長女も長男も、高校時代に東大合格圏内だと太鼓判をおされた。専門学校卒を恥じていた初音はなんとしてでも子を東大卒にしたく、姉には七浪、弟には五浪させたが姉弟ともに父の悲願を叶えることはできず、二人とも慶応に入ったという。

「慶応の通信教育ね、通信生」

親の期待にそえなかった姉弟は家の中にこもりっきりになり、初音が事業に失敗したのちに事故死をとげると、姉は精神に異常をきたしてM病院に入院し、弟もあとを追うように通院している。姉は病院から定期的に帰宅するが、姉弟ともに、いまでは病院のほうが自宅のようになっているという。

「初音さん自身も、M病院に入院していたことがあるんだ。初音さんが死んだのだって、自殺か事故死かギリギリのラインなんだよ」

「たんなる噂じゃないの？」

たしかに、清香さんは夫について「体調を崩しまして、しばらく入院して」と言っていた。「体調を崩す」は、ものごとを曖昧にしたいときに使われる表現だ。しかし、

「その家の中のほんとのことは、その家の人じゃない人からは、わからないことだよ」

前住人とふと言葉を交わすことになった休日、イクははじめて彼に、大きな声ではっきり言った。

「たんなる噂ね、たしかにそうかもしれない。ウラはとれてないからね」

前住人はあきらかに落胆した。

「M病院に入院してようが通院してようが、あなたに迷惑がかかるわけじゃないでしょうと、まあ、きみはこんなふうに言いたいわけだ」

彼の声は甲高くなった。ポメラニアンの声のように。

「きみって、鈍感な人？」

彼が期待した反応をイクがしなかったことは、彼にはきわめて心外で不愉快だったのだ。

「だって、きみ、あそこに住んでてカンじない？　清香さんはいい人だけど、あそこの一階、なんかズーンと来ない？

お化けとか幽霊のはなしをしてるんじゃないよ。人間のはなしだよ。お姉さんはずっと入院してて、弟のほうはどこにも行かずにじーっと部屋にこもってるんだぜ」

異常な陰鬱さを感じるというのである。あるとき彼は夕食を食べずに寝てしまい、夜中に目がさめて、ラーメン屋に行こうとして三階から一階までおりた。そうしたところ、長男の部屋から妙な声が聞こえたという。

「笑ってるみたいな」

「四コママンガでも読んでたんじゃないの？」

「いいや、そんな明るい声じゃない。ゾンビやはらわたと戯れているような笑い声だった」

イクが名画座で買ってテーブルに出していた怪奇映画のパンフレットを見ながら前住人

は、初音邸一階の異様さを力説する。

「暗い笑い声なんだよ。笑い声が暗いなんて気が滅入るじゃないか」

「聞き違いじゃない？」

「聞き違い？」

「笑ってたんじゃなくて、呻《うめ》いてたのかもしれないよ」

笑う息と呻く息は、壁などを隔てたりすると似て聞こえることがある。

「もしM病院に通院なり入院なりしているのが本当だとしたら、ものすごい懊悩《おうのう》が胸の内にあるわけじゃない？

そういう人は寝てても、そういうことから逃げられなくて、睡眠中でも苦しいから、呻いてしまうんじゃないかな。それが笑ってるように聞こえたのではないかと……」

「なにそれ。なんでそんなフクザツに考えちゃうわけ？」

「フクザツって……」

ねっとりと湿った嗚咽《おえつ》。長く喘《あえ》ぐような息。それをイクは夜中に何回か聞いたことがあった。滋賀の実家で。

小用や喉の渇きで、深夜に自分の部屋から出たおり、父の部屋から聞こえるのを、たびたび聞いた。性交の声ではない。父母はずっと遠く離れた部屋で起居していたし、そもそも、鼾《いびき》が聞こえる母の部屋の前を通過して階段を下りるのである。

たいていは、そのあと、大きな叫び声が聞こえ、ばさりという布団の音が聞こえる。

「私の父親はよくいやな夢を見る人だった。でも、それだって、たとえば夫婦仲のよいほがらかなお客さんがうちに泊まったとして、夜中に父親の部屋からそういう声を聞いたとしたら、夫婦がよろしくやっていると聞き違えると思うの」

人は自分を基準にものを見たり聞いたりするものである。

「よその家の中の翳《かげ》ったところは、他人にはわからないものだよ」

「それがフクザツに考えすぎだって、俺は言ってるの」

「そんなことないよ。ペーが……、ペーという犬を飼っていたのだけど……、ペーの子も飼って……、そいつは、まるまるしてころころして、ふかしたての肉饅《にくまん》みたかったので、マントウという名前にしたの……」

マントウがまだ仔犬のころ、ある朝、父がなでていた。ほほえんでいた。それはイクが目にする父のきわめてめずらしい表情であったので、イクは彼とマントウのほうへ歩いていった。足音は夜露をかぶった草に消された。

イクにではなく、マントウに、父は言った。「昨夜は、収容所にいた夢を見た」と。以来、イクは夜中に父の部屋から「妙な息」が聞こえると、急いで自室にかけもどるようにしていた。目覚めた父は、部屋から出たとき、一人で落ち着きたかろうと思ったからである。強権をふるう地位にある人間は、うなされたことを犬や猫ではない他の人間にふれられたくなかろうと思ったからである。父を気遣う聡明な娘のやさしさからではなく、彼が割れるのを危惧した凡庸な娘の恐怖心から。

「なんで急に飼ってた犬の話をしてくんの？　わけわかんね」

「……たしかに。ごめん。やっぱりフクザツに考えすぎたかな」

面倒になった。前住人と話すのが。収容所の記憶と仔犬の無垢の相関など、彼が知りたいことではあるまい。話すことを投げ出した。

「そうだよ。世の中はきみが考えているほどきれいなものじゃないんだよ。大家と台所まで共用の貸間を選んだくらいだから、清純派なんだろうけどさ」

前住人はもう不機嫌そうではなく、冗談めかしてイクに笑いかけた。

「初音さんとこの息子はお父さんや姉さんと同じ病気なんだよ。×××の家系なんだよ。それだけのはなしだよ。きみも気をつけないと、病気が伝染《うつ》るぞ」

「そんな非科学的な。コレラやペストじゃあるまいに」

「いやいや。陽気な人のそばにいるとこっちも陽気になるし、陰気な人のそばにいるとこっちにも陰気になる。気は伝染るって」

陽気に前住人はイクの肩をたたいた。陽気な彼は初音家の翳りに気が滅入り、狸《たぬき》不動産から聞いてしまったことを隠し持っておられず、耐えきれずに、通りかかった現住人に吐き出したのだろう。そうイクは思った。

＊＊＊

帰宅したイクが、靴を脱いで片足を床につけたとたん、冷たく濡れた感触がつたわった。

「わっ」

ベルちゃんのおしっこだ。まただ。同様のハプニングは手足の指では数えられない。越してきた翌朝にシンク下のぬちょっとしたものを踏んでしまったのからスタートし、ダイニングテーブルの下、上がり框のコートかけの下、等々、ベルちゃんが排出した迷惑な物が初音邸内には仕掛けられているのである。

「もう、またかいな。あのアホ犬っ」

おろしたばかりのソックスが被《こうむ》った迷惑への腹立ちを、しかたなく階段にぶつけた。

室内で飼われている犬に、これまで接触したことがなかったイクだが、しばらくして知る。室内で飼われている犬は、テラスならテラス、庭なら庭、室内なら室内に、用をたすのはここだけという場所を、ちゃんと飼い主が定めている。ところが初音邸には犬用トイレはどこにもない。教育の機会を与えられなかった白ちび犬は、したいままにおしっことうんこをしているのである。

「ほんまにもう、かんべんしてほしい」

指におしっこがつかぬよう、濡れたソックスをそろりと脱いだ。

「申しわけありません。またお粗相をしてましたでしょうかね」

ベルちゃんを抱いて階段を下りてきた清香はイクに謝った。

「いや、その……、失礼しました」

大家の犬を思い切りバカ呼ばわりした現場を見られていたことで、イクは恐縮した。

「いけませんね、こんなところでお粗相して……」

清香が子役タレントの顔を覗き込んだとき、イクははじめてきゃつの本名（?）を知った。このときまで、この小型犬の血統書には「ベル号」と記されているのだろうと思っていた。ちがった。

「ベルク、いけません」

いつもならすでに寝ている時間に起きてきた清香は、そう言った。

「……。ベルちゃんて、正式にはベルクというんですね……」

「もっと長いんですよ、息子がつけたもので……、難しい外国の名前で、わたくしは呼びにくくて……、なんとかインベルク。ルービヒ、ルートビ、ルートビ……」

「……ルートヴィヒですか？」

「あ、そう。そうよ。有名なのね。ドイツの王様とお城の名前だとか」

「……」

前住人がM病院にショックを受けたように、イクもすこしショックを受けた。白い小型犬はルートヴィヒ・イン・ベルクという名前なのだ。

「たしかに呼びにくいですが……」

狂王とされたルートヴィヒII世や閉じ込められていた城の名前を、飼い犬につけるのは不健康だといえば不健康だが、

「……インテリっぽいといえばインテリっぽい名前です」

ものは見ようである。清香の長男はドイツ旅行をしてお城の景色に見とれ、ビールとソーセージのおいしさに舌鼓を打ったのかもしれない。

「犬を飼うのはわたくしも娘も息子もベルクがはじめてで、お下《しも》のことまで考えがおよびませんでした」

そういえば大河内医院の一家も似たようなものだった。犬を、装飾品やぬいぐるみのように認識している人は世の中に存外に多い。

「お粗相しないようにするには、どうするとよろしいのかしら」

清香は首をかしげた。飼い犬の排泄について怒ってくれるなと頼むのではなく、どうしたらいいのかと心から訊いているようだった。

「ソックスをお洗いいたしましょう」

清香が悄然《しょうぜん》としたふうで腕をのばした。イクは、脱いだソックスを彼女の手に掴ませた。

自分の飼い犬の非を全面的に認めている飼い主に、「いいですよ、自分で洗います」とはかえって言えなかった。

清香とイクは二人でしょんぼりして風呂場に行く。先にイクが足を洗い、つづいて清香がしゃがんで洗面器でソックスを洗う。それを、イクは足拭きマットに立ってうしろからぼうっと見ている。

（こういうかんじに気が滅入ったのかな、前に住んでたあの人は）

清香の視線は手元ではなく壁のあたりにある。重たるくほかのことを考えている気配。ソックスを洗うことは、いま考えていることの緩衝《かんしょう》になっているようなそんな気配。立ち去るに立ち去れず、話しかけるのも気が引ける。

（どうしたものか……）

当のベルクは人間ふたりがおもしろい遊びをしているとでも思っているのか、うれしそうに清香の背後やイクの足下を、うろちょろし、尻尾をふっている。Bの頭文字の入ったサロペットは着ていなかった。「かわいー」としか言われたことのない白ちび犬の、翳りのない顔は、困ったイクをすこし落ち着かせた。

（そういや、ちょっとかわいいかも）

抱き上げてみる。すると小さな肢体はでろりんとして、イクの肩から乳房からみぞおちに、うまくくっついた。自分を抱く相手が自分を愛撫することしか想像しない肉体には、当然ながら体温があった。ベルクはぬいぐるみではないのだ。生きて息をして、その息には口臭があり、白い巻き毛の生えた毛穴からは体臭が発散されている。

洗ったソックスを清香は洗濯機で脱水し、イクに渡した。

「どうもすみません」

ベルクを抱いたイクが片手で受け取ると、清香は、

「どうしたらいいのかしら」

さっきと同じことを言った。そして、

「お湯でといたカルピスをお飲みにならない？　夜だから温かいほうがいいんじゃないこと」

聞きようによっては——たとえば前住人などにはきっと——頓興《とんきよう》な提案をしてきた。

「じゃあ、ソックスを干してから、別のソックスをはいてきます」

「そうなさって。そのあいだにお玄関の床を拭いておきますわ」

＊

清香とイクは台所でダイニングテーブルをはさんでホットカルピスをすすった。和服の寝間着に半纏《はんてん》をはおった清香に抱かれたベルクは、主人が口にするものを欲しがった。

「ベルちゃんも飲む？」

清香はマグカップにさしたスプーンにカルピスをすくい、ふうふうと息をかけて飲ませ

ようとする。

「あ、そういうことは……」

イクは腕をのばして制した。

「そういうことはなさらないほうがいいと思います」

『あなたが飼い犬を愛しているのなら、愛犬を混乱させてはならない。両者の快適さのために、あなたの食事と自分の食事の区別を、人間の知性を持つあなたが、人間ではなくあくまでも犬である彼に教えてやるべきなのだ』。香良高校生のころから持っている犬図鑑にはこうあった。翻訳調のまま、イクはそらんじた。

「まあ、そうですの」

清香はスプーンをカップにもどした。僭越《せんえつ》にも目上の人を諭《さと》したようで、イクはすまない気持ちになる。すまなさを払おうとして、きょろきょろとあたりを見た。台所の隅に犬用の水飲み容器があったから、水を捨ててすすぎ、あらたに水を入れた。

「ベルちゃん、喉が渇きましたか？　ここにお水がありますす」

そう言って、容器を置いた。カルピスをいれてくれたとでも期待したのか白ちびは清香の膝からぽんとおり、うれしそうにイクの足下に来た。

「ストップ」

イクは白ちびの、鼻の前で片手の手のひらを広げ、

「おすわり」

もういっぽうの手で彼の尻を押さえた。

「よし」

そう言って、鼻前で広げていた手を引っ込め、尻を押さえていたほうの手もはなした。

白ちびは、たんなる水道水をうれしそうに飲んだ。

「まあ」

清香はイクを魔法使いを見るようにながめた。

「ベルちゃんはさいしょ娘が欲しいと言うので買ったんです。お医者さんも犬を飼うのには大いに賛成するとおっしゃったし……」

清香は言った。

「あの、ずいぶん前に、心が悪くなりましたの。気持ちの病気になりましてね、それで……」

いつもならとうに寝ている時間に起きてきた清香が打ち明けたのは、いつもならとうに寝ている時間に起きてきたからだろう。非日常による昂奮が、彼女をしゃべらせたのだろう。何度も深いため息をつきながらの彼女の上品な声は、ずいぶん長く、台所に響いた。

狸《たぬき》不動産の情報は、ぜんぶガセネタだったともいえたし、だいたい本当だったともいえた。ルートヴィヒ・イン・ベルクという名前を不吉めいたととらえるか、インテリっぽいととらえるかのちがいのように、すべてのものごとは、各人の胸に据《す》えられた鏡にどう映るかなのである。

単純な事実誤認だけを是正するなら、長女はケイオウ《慶応》の通信教育ではなく、ケイオウ《京王》線沿線にある日本大学文理学部に三カ月だけ通ったあと入院した。長男は一浪して慶応の法学部に入り、卒業後は一部上場企業に入社したが、重度の睡眠障害が悪化して二年で退職し、通院しながら通信教材の添削をする仕事をしている。これが正確な長男長女の過去と現在である。

「なにが悪かったのかしらね……。どうしたらよかったのかしらね……」

「ほんとですね、どうしたらよかったのでしょうね」

イクも思う。

「私の父と母もおかしな人でした」

「アイシャドーをするな」と父は怒鳴った。寝坊して顔も洗わずにあわてて家を出ようとする小学生が、なぜアイシャドーをしていると思うのか。「あいやらしょ、その服やと乳バンドをしてるのがわかるで」と母はにやにやした。母自身はブラジャーをしていたが、イクがその下着をつけるべき年齢になっても決して買い与えなかった。中学生ではアルバイトもできず香良には古本屋は一軒もない。同級生に漫画や本を売ってお金をため、ブラスリップを買った。「これはスリップや。ブラジャーとちがう」と母に説明できるようにしたその下着を、さらにいつも隠れて洗い、干していた。風呂敷に包んでタンスにかたづけた。

「それはたいへんでしたでしょう……」

「密かに洗ったり干したりするのは、両親ともに家をあけている時間が長かったので、そんなにたいへんじゃなかったのですが、同級生に手持ちの漫画や本を売るといっても、そんなに高く売れないし、言ってくれる人がそんなにいるわけじゃないから、貯めるお金の額にも限度があって、結局、中学と高校の六年間は、ブラスリップ三枚を、ときどき縫ってなおして、乗り切りました。上京してまずうれしかったのはブラジャーを隠れずに買ったり洗ったり干したりできたことです」

　上京後に日本兵捕虜がシベリアでいかに辛酸を舐めたかを綴った書物を読み、父の、あの法則のない赫怒は、収容所での年月がもたらした一種の精神障害だったのだろうと整理をつけていた。そんな配偶者と破綻した夫婦生活を続けねばならない母もまた一種の精神障害に陥っていたのだろうと整理をつけていた。

　しかし、統計ミスではないかともどこかで思うのである。

　捕虜地からの帰還兵が、みな父のようになるわけではない。シベリアでの体験とは無関係に、父の、トンもシェパードもドーベルマンも、たちまちにして尻尾をまるめさせブルブルふるえるか、揉み手をするがごとく媚びるかさせてしまう力と、あの赫怒とは諸刃《もろは》の剣のような秘力ではないのかと思うこともあるのである。

母についても同じ。配偶者との関係がうまくいっていない女性がみな、娘に対して、イクの母のようにふるまうわけではない。結婚生活とは無関係に、結婚前から抱えてきた暗い痼《しこり》があるのだろうと思うこともあるのである。

「わからないですね」

「ほんとね、ほんとにね……」

清香はカルピスをかきまぜる。あのときああすればよかった、そう思うことが人生にはよくあるが、「ああすれば」という具体的な方法が思いつかないことも、よくある。ずっとあとになっても、どうすればよかったのかわからないことが。げんに二十代のイクも、六十代の清香も「どうすればよかったのか」わからない。

「むかしは、あの子たちも明るくて元気だったんですよ。どうしたらいいのかしらね」

こづらにくい営業スマイルをTVでは見せている子役タレントが、芸能界でのストレスで年端もいかぬころからアルコールや薬物に依存することがよくあるように、彼らのそうしたスマイルを映すTVが置かれたリビングには、笑顔がまるでないこともあるのである。

翳りは、「家」の、TV台と新聞ラックのすきまとか、ベッドのサイドテーブルのわきとか、いかにも潜みそうなところにはもちろん、よもやこんなところにと驚くような場所にどろりと潜んでいることがある。翳りのほとんどない家もあるが、翳る家はおうおうにして、とことん翳るものである。しかも綿々と。

「……とりあえずベルちゃんに、決まった場所でおしっことうんこをするようにさせたらどうでしょうか。私、ベルちゃんをしつけますよ。再訓練します」

どうしたらいいのかしらという清香の問いに対するイクの答えは、清香のカルピスを飲まないかという提案のように、聞きようによっては頓興だった。

＊＊＊

「チーズバーガー食べたんなら、コーラのSをもう一杯飲まない？　おごるよ」

バラック建の名画座から出てマクドナルドの屋外席にすわっていたイクに、前住人が声をかけてきた。

「ほんと？　ちょうどもう一杯飲みたいと思ってたとこだった。おごってくれなくていいから、氷の入っていない水ももらってきてくれない？」

足下のベルクを指さした。

「げ、こいつ。いつのまに」

「頼むよ」

「しかたないな、もらってきてやるよ。あれ、こいつ、よく見ると前と変わったかんじがするけど……、同じ犬？」

「同じだよ。全裸だからじゃない？」

アップリケのついた服をベルクは着ていない。

「いや、顔がちがうような」

「それはカットのせいだと思う。シンプルな切り方にしたから」

ベルクのカットとシャンプーはイクがしている。イクにならその作業中もベルクはおとなしくまかせるようになった。イクの根気の再訓練は、白い小型犬にイクを第二の飼い主とみなさせるようになった。

「歯や耳や爪は、さすがに私ではうまくできないから、専門の店でしてもらうの」

犬の美容師が初音邸まで車で迎えにきて連れていった。イクは名画座で映画を見て、見終わったころにしあがりますよと言われた店までひきとりに行った、その帰りである。この沿線ではターミナル駅であるこの街の鍼灸院に清香が行っている。マクドナルドで待ち合わせて、タクシーで帰ろうと約束している。

「はい、コーラと水」

紙コップが三個のったプラスチックトレーを持ってもどってきた前住人は、中空を見て、指を折って数えた。

「一年と九カ月、十カ月……くらい？　いや二年たってるよな。前にこのマックできみとしゃべってから」

「そうぃや」

その間にも、道で顔を合わせることは時々あった。そのときは会釈を交わしたし、駅のホームで会えば、「今日は暑いね」「雨がひどくていやだね」「ちょっと風邪ひいちゃってさ」等々、そうした、決してトラブルが生じない会話を交わした。

蒸し暑い六月。天気はさほどよくなかったが、雨はふりそうでもない。イクの膝の上にすわったベルクに、イクは紙コップの水を飲ませる。ベルクは今では、二階から三階への急勾配の階段も、イクの部屋に入りたい一心でのぼるようになった。

「ずいぶんときみになついたもんだな、そのベンジーは」

「ベンジー……」

初めて白くて小さなベルクを見たとき、イクも「ふん、ベンジーの犬か」と思った。ベルクが柵から通りに顔を出していると、小学生らが「ベンジー」「ベンジー」と呼んでぃるのも何度か聞いたことがある。

「ううん。映画のベンジーは薄茶色の犬だよ」

「いや、ベンジーは白い、こいつみたいな犬だよ」

「私もそう思ってたから、そう思うのはよくわかるんだけど、ちがうよ」

昭和三十年代から四十年代にかけて人気を博したＴＶシリーズ『ペチコート作戦』に脇

役で出ていた俳優犬は、その名演技を買われて昭和四十九年に一人（一匹）で主役をはって劇場映画に出演した。低予算であったにもかかわらず本国アメリカでも、日本でも大ヒットし、続編、続々編が製作された。

「ベンジーは薄茶色だよ。それに、こんなに小さくないよ。もっと大きい」

マクドナルドのそばにある名画座で、いましがた正・続の二本だてを見てきたのである。

「見て、エッってなった。ずっとベンジーって白い小さい犬だと思ってたから」

パンフレットを鞄から出して前住人に見せる。

「あじゃ、ほんとだ。えー、びっくりだよ。俺もずーっと白だと思ってた」

たわいない勘違いに、前住人と現住人は顔を見合わせて笑った。二年近くたってはじめて互いに名前を名乗った。

「へえ、柏木さんっていうのか。でも、もう会うことないよね、たぶん」

「なんで？」

来週には埼玉県にもどるという。彼の実家は親族で食品会社を経営しているのだった。

「給食関係だから地元の小中学校と密着してさ、けっこう長くやってきたんだよ。なもんで、若いうちくらいは地元と関係ないとこで働こうと思って、そのうちあわよくば妹に婿養子もらわせて継いでもらって、自分は東京に残ろうと思ってたんだけどね……」

彼の「家」には彼の「家」なりの事情がなにかとあったようである。

「親父も年取ってきたしね。それで、がんばって家にもどることにした」

「そうか……、きっと息子さんが帰ってくれれば、御家族も御親戚も、みなさんよろこばれるよ」

心にもないことをイクは言った。「よその家」の内部のことなど、他人には何らわかりようがないのである。

大学四年のとき、イクが合格した試験は(株)バレのほかにもう一つあった。滋賀県教員採用である。

後者ではなく前者を選択したことで両親と絶縁に近い状態になったのはむろん、香良市新町のノグチハウスの近隣者も眉を顰《ひそ》めた。堅実な県教員の口を蹴るようなふるまいは正気の沙汰ではなく映った。「ふぐの毒は土中に埋めると解毒できる」と信じるのと同種の発想で、「東京の大学なんかに行かさはったもんやさかい、ディスコにかぶれはったんや」と左右の眉がつながりそうなほど顰《ひそ》めて密《ひそ》めいた。

イクにしてみればその選択は、一度も行ったことなどないディスコにかぶれたのでは断じてない。大学生活よりも前、高校よりも中学よりも前、ぺーと田んぼを旅をした小学生のころから、周囲に気づかれぬよう、固く決めていたことだった。「ここを出て行こう」と。

しかし、県教員にならず東京に残る選択に眉を顰めるのは、顰めた側からすれば、顰めることがソーシャル・マナーだからである。道で会った前住人とイクが「寒い」「暑い」「雨がふる」といった、決してトラブルが生じない会話を交わしたのと同質の。イクが前住人に「息子さんが帰ってくれば、御家族御親戚は安心なさる」と言ったのと同質の。

「埼玉で心機一転するよ」

「東京のすぐ近くじゃない」

「きみは九州だよな。一人娘がなんではるばる東京に来たの？」

滋賀を佐賀だとまちがえられるのは、イクの声が相手の耳に届かないのと同じくらい常だ。

「やっていけないと思ったから」

父母とは「ようやっていけへんわ」と思ったからである。

父と母は、それぞれに、それぞれの方向に、変人だった。

小学生イクに所持してもいないアイシャドーを塗っていると叱責する父も変だし、中学生イクにブラジャーを買い与えない母も変だ。

父母の奇天烈《きてれつ》な要求と詰《なじ》りは、実子ながらイク一人では対応不可能だった。父からも母からも離れた場所で平常心で暮らしたい。どこかだれも知らない森でのどかに。これがイクの、子供のころから見続けた「将来の夢」とさえいってよかった。

木は森に隠せというではないか。人口三万余の香良に住んでいたイクは、最大人口の東京こそ森閑の地。平常心を保っていられる最適の森だと思ったのである。

「実家にもどるけど、俺はべつにマザコンなわけじゃないよ」

「マザコン？」

「そういう噂が会社でたっちゃってね」

結婚するのでもないのに実家にもどるのは母親執着なのだという噂をたてられたのだそうだ。事態の奥にある事情は、表面上は、事態の実態とはまったく異なって見えることが、世間ではよくある。

「俺、洋服ってもんが好きでさ。それでアパレルに勤めたんだけど、実家にもどるのは、今の会社が合わなかったってとこも大きいかもしれないな。きみは、なんで今の会社入ったの？」

「人と接する職業が向いていないと思ったから」

明るく軽い印象を人に与えられない。明るさは対人関係最大の武器であるが、とりわけ昭和五十年代後半は、明るさを、人がもはや強迫される時代であった。ものごとに拘《こだわ》らない、考えないことを、ひょうきんだ元気印だと礼賛する時代であった。

「小さい声で話すからじゃないか？」

「大きい声を出してるよ。いつも人としゃべると家に帰ってから喉がヒリヒリする」

人みしりせぬ開放的でおおらかな性格の人間をも、この声の聞こえづらさで困らせてしまう。教員などもってのほかで、生徒のことを慮れば滋賀県教員採用試験では自分のような声の受験者は不合格にするのが妥当だったのだ。

「うんと小さいころは、教会で働こうと思っていたの。シスターはいろんな人といろいろしゃべったりしなければならないから、教会の用務員みたいな仕事が、いいというより、そうなるんだろうと漠然と思ってた。でも教会の用務員って、大学に求人募集出てないし……、それに教会って礼拝の日にたくさんの人が来るじゃない？　私は頭の回転も、体の反射もスローモーなんで、接客的なことをすると迷惑をかけるのよ……」

そのうえしばしば積極的に嫌われる。

女性が社会で大きく成功するには、厳しいにしろ大甘にしろ父親を受け容《い》れて——早世した彼を偲びつづけたようなケースも含め——育った過去を持っていなければならない。

これが女性が社会で好感を抱かれる鍵なのである。好感が高評価を与える。男が優位において社会を支配しているのではない。父権を軸にして形づくられているものが社会なのである。

「……鍵を渡したつもりが渡してなかったのか、それとも私がうっかり落としちゃったのか、よくわからないけど、鍵がないんで……、それで、自分にはどういう職業が向いてるだろうと考えて、そうだ、掃除をする人がいいなって、たんなる思いつきで思ったの。

学生のころは、会社の中の仕事なんて具体的にイメージできないじゃない？　自分の目にふれたことのある職業を頭に浮かべるでしょう？　それで浮かんだのが、ホテルの客室清掃員。これだ、って思ったの」

マスクをしていられる。もくもくと掃除をして、終わったら退社する。牧羊犬の代わりに電気掃除機をつれた現代版の羊飼い。自分に最適の仕事。そう思った。だから清掃会社とホテルに絞って就職活動をしたのである。(株)バレはホテル経営もしていたのでどんぴしゃな会社に見えた。

「庶務課だから、学生のときにイメージしてたのとはちがうけど、でもまあ、マスクしててもよいから向いてる」

「なんでさ。革マル派とか中革派とか、なんかそんな今はもう流行《はや》らない運動してるのでもないのにマスクなんて」

「そうだけど……、マスクすると安心しない？」

「しない。マスクなんかしてたら息苦しいよ。なんでマスクなんかしたがるのさ。俺さ、地味顔ってだめで、だからきみのこと、ほんとは、ちょっとイイなって思ってたんだぜ。でも、初音さんの息子と結婚したって聞いたから……」

清香の長男とイクが事実婚をしている。イクが初音家の犬を散歩させているのを見た近隣住民（狸不動産の夫婦だけかもしれないが）は、そう思ったようである。

「してないよ」

睡眠障害と鬱病が進み、長男は今では通院ではなく入退院をくりかえしている。清香はイクに泣きながら言うことがある。「あなたがお嫁さんに来てくれたらいいのに」と。それは決して縁談ではない。「むかしは、あの子たちも明るくて元気だった」と言うのと同じ。絶対にもどれはしない過去の幸福を思い出すのとまったく同質の、清香のかぼそい慰め、逃避のため息なのである。

「初音さんとこであゝして、同じ屋根の下に住んでたら、情もうつるだろうからね、そうなっちゃうよね」

「うつったのは息子さんじゃなくて……」

情がうつるというなら、イクが清香に対して「この人がお母さんだったら」と思う感情である。

実父母の奇妙な言動についてイクが語った他人は、親戚も含め、多くはない。だが少ないながら、聞いた相手はその大半が信じなかった。「そんな親がいるはずがない」と。いっぽう信じた相手は、イクが客観と冷静に努めて話すほど、両親を糾弾しているととり、イクに対して気分を害した。「一人子のあなたを育ててくれたお父さんとお母さんのことをそんなふうに言うものではない」と。

信じてくれ、かつ糾弾ではなくただ奇妙な事実を語っているのだと、イクの言《げん》を受けとめてくれたのは、清香がはじめてだった。「この人がお母さんだったら」と、映画スターに憧れるにも似た心地で思った。

清香へのこうした感情を、今日はじめて名前を知り合った相手に、どこから語ればよいだろう。何を語れば、前住人は信じるだろう。ポメラニアンが小さくてぬいぐるみみたいでかわいいと感じる人なのに。

「結婚してないよ」

それくらいしか、イクは言えなかった。

他人の「家」の不運な翳りを、他人が知ってしまったなら、洩らさぬのが礼儀である。

「たんなる噂だよ」

「まあ、そういうことにしとこう」

「ねえ、ベンジーの色のことだけどね……」

「ベンジーの色？　ほんとは薄茶色だというはなし？」

「そう。あれはテレビのスポットシーエムのせいじゃないかな」

主役のベンジーが当然映っていたはずである。だが、ガールフレンド役の白い小型犬もいっしょに映っていた。

「白い色がすごく目立ったんだと思うの。なにか一つだけ目立つ要素があると、人ってそのほかの要素を見なくなってしまうというか、見えなくなってしまうんだよ、きっと」

たとえば今こうしてマクドナルドにいるイクと前住人も、周囲の人には、三十歳前後の男女という要素だけが目に入る。と、周囲は恋人同士か若夫婦だと思い、「カップルだ」と見、もうその先は考えまい。ほかの要素は見まい。そうしたものではないかと、イクは彼に言った。

「そうかもね」

こざっぱりとした笑顔で、彼は流して肯定した。興味のない話題だったようである。イクと清香の長男との誤った情報を狸不動産から聞かされずとも、彼とイクのあいだには恋愛は生じなかったろう。

後年からふりかえれば、彼の誤解は、いうなれば「正しい誤解」だった。

狸不動産はじめ付近の住人が、イクと清香の長男は結婚しているとみなした。(株)バレの庶務課はじめイクを知る他部署の社員も、似たようにみなした。男と同棲していると。

長男長女の病気や彼らが入院通院する種類の病院。それは世の人から無理解だった歴史がある。ゆえにイクは初音家の翳りを口外しなかった。にもかかわらず、近隣者はともかくとしても、勤務先の人間までがそう誤解したのは、東京と滋賀で病人を見舞う暮らしの中で、イクの全身に雰囲気がただよっていたのであろう。なにか所帯じみた、なにか家に縛られた、なにか囲いをめぐらせたような、そんな雰囲気が。

イクに好意を抱き、イクもまた好意を抱いた相手が、「家まで送っていく」と言ったことがあった。それは夜道を心配してというより、いわゆる男女間の機微である。それはわかり、だからこそ正直に「部屋に入ってもらうことはできない」と答えた。相手との交際はわずかに発展したが固着しなかった。

うべなるかな。送っていくのを断られた相手は「もしかしたら彼女の住んでいるところには、M病院で治療を受けている病人がいるのかもしれないな」などとは想像しない。「もしかしたら彼女の実父母はものすごい変人で、だから大家の老婦人を慕っているのかもしれないいな」などとは想像しない。しないのが、メジャーでナチュラルでいきいきしたセンスというものだ。

＊

まだ充分に若かったこの日、カップルのように見えるイクと彼は、コーラを飲みながらのんびり屋外席にすわっていた。

「かわいー」

「かわいー」

たくさんの客や通行人がベルクを指さして言う。

初音邸での暮らしが、通行人の言うとおりだと、イクに思わせるようになっていた。

「かわいーって。ねえ、よかったね、ベルちゃん」

はっは。ベルクはほほえんでいるように見えるが、蒸し暑いために大きく息をしているだけなのである。

ブラザーズ＆シスターズ

滋賀県の道路を荷馬車にゆられてイクが香良まで行った時代、アメリカのTVドラマはつねにあこがれを伴って放映されていた。

「耳の達者な娘さん」などと、ストーリーをエンタテイメントとしてたのしむようになったのは大阪万国博覧会以降である。「外人」の俳優の声の吹き替えをする声優も、多くの日本人には、その俳優の顔のままおぼえられ、親しまれた。

だがやがて、火曜の夜十時や日曜の夜十時半のブラウン管から、独特の吹き替え口調で日本語をしゃべる外人俳優は消えてゆく。

「みんな」が茶の間で同時になにかを見ることがなくなり、何種類かの視聴者の群れができた。視聴者群ごとに分かれて、関心のあるTV番組を見るようになった。

流行歌も分散した。小学生から九十歳の爺婆までが知ってて歌える流行歌は消滅してしまった。「雲の上のスター」も。

TVとともに成長したイクの世代が、子供から若者、中年と時間を進むうち、この電器は、画面に垂れ幕をかけていた贅沢品から、各人が気儘《きまま》に扱う日用品に変わった。

もしこの物語が、恋やドレスにカメラを寄せて撮るはなしであるのなら、三十歳を過ぎてイクにもあった異性とのめぐり逢いと別れがエモーショナルに綴《つづ》られもしよう。だがこれは、そういう物語ではない。イクと犬とのパースペクティヴ、おしまいは数年前のことである。

「外人」の出てくるTVドラマシリーズは、有料の衛星放送やケーブルTVでしか、もう放映されていない。

＊＊＊

平成十九年。

火曜であった。

四十九歳のイクは、近所の道を、ある公園に向かって歩いていた。

平日の午前中にぶらぶら歩けるのは長期休暇をとっているからである。

ものを知らない青春時代、まんまと脱出できたと思っていた滋賀県であったが、そこに住む親族はみな高齢であったので、脳梗塞、糖尿、胃癌肺癌、認知症、等々、順に具合が悪くなってゆき、滋賀と東京を往復する暮らしとなった。

パースペクティヴ　perspective　遠景、遠近画

こうした生活は、五十歳を迎えるころにはじまる人が多い。が、いつも祖父母だとまちがえられた年齢差のある両親の一人子であるイクは、二十七歳からはじまった。

三十四歳のとき、大家の清香も末期の膵臓癌であることがわかった。もとより長女長男は具合が悪かったから、滋賀で東京で、あちこちの病院に着替えや事務手続きに通った。

「どうか家のことをお願いね」。臨終で清香はイクに言った。たんなる大家以上の恩義と情を清香に感じていたイクはできるかぎりのことをしようとしたが、法的にはたんなる店子でしかないイクが、清香の頼みに応えるには限界がある。当の清香の長女から「泥棒が家に居すわっている。財産を持って行かれる」と警察に電話をかけられた。やってきた警官は、ぽかんとしているイクにいくつか質問をし、M病院の担当医師にも問い合わせ、そのあとで苦笑して「親切が仇《あだ》になったね」と、イクがとりあえず身の回りの持ち物を大型タクシーにつめるのを手伝ってくれた。

「これじゃ追い出しだな」と警官は言っていたが、正直なところ、イクは追い出されてほっとした。父の容体が深刻になっており、清香の長女長男の見舞いまではできなくなっていたのである。つる屋という酒屋に間借りすることになった。

頻繁に滋賀に父を見舞うイクに、「やっぱり一人娘さんだけあってパパっ子なのね」と同世代の友人たちは言った。友人ではない男性も。交際はやはり固着しなかった。

父は大学病院から個人病院に移り、そこで他界した。その後の数年のみ往復をせずにすんだが、ほどなく母の容体が悪化した。月一から隔週の東西往復となった。

二十七歳から四十九歳の今日まで、イクの時間の多くは滋賀と東京の往復、というより、病院と会社と自室の巡回にあてられてきた。

昭和の末期はいわゆるバブル景気で、世の中の一部の人々は浮かれていたようである。しかし、死を待つ高齢者の寝床、幻覚に漬かる姉弟の狭い部屋、病院の洗濯室や会計カウンター、霊安室、火葬場には、浮かれは何もなかった。

（なにもできなかったのに……。できていないのに……）

みなに対し、たいした世話はできなかった。今もたいした世話をしてやれていない。

なのに、二十余年はやはり長かったのか。イク本人が体調を崩した。

入院と手術で二週間は有給休暇がとれたが、それ以上の期間となると（株）バレではとれない。自宅療養として無給なら三カ月の休みがとれた。

こうして平日の午前中の道をイクは歩いている。

（この時間だと弓子なんかがいるかもしれないな）

馬車のおじさんが大学入学祝いにくれたシチズンの腕時計を見る。

弓子は人間ではない。柴犬だ。向かっているのは、犬を散歩させている人がよく集まる公園である。

初音宅を追い出された当日と翌日の二日間は、愛猫家の元同級生宅に泊めてもらい、狸不動産の仲介で見つけたのがつる屋だった。「もう東京じゃあ、こんな物件はほかに見つからないよ」と狸不動産が言ったのは値段のことだけではない。昭和が終わるとともに、「みんな」が知ってて歌える流行歌やスターという存在がなくなってしまったように、イクの上京以来の常だった貸間という賃貸形態も皆無に近くなってしまったからだ。

つる屋は、初音邸と同じ私鉄だが、名画座のあるターミナル駅で分岐した沿線にある。店と自宅を兼ねた建物の奥に庭と倉庫があり、倉庫の一部を改装した一室を貸していた。変形の七畳間で風呂はない。平成に不人気の賃貸形態では、格安を通り越した部屋代だった。が、平成も十年を越すと、次は酒屋というものが消えていく。

大家のつる屋も例外ではなく、コンビニエンスストアになった。「つるビル」というビルの一階がコンビニエンスストア、二階と三階が居宅。四階が賃貸。四階の一室が現在のイクの住まいだ。つるビル４０６号。懇意の異性を招くことができる住環境を、上京してはじめて得て、イクはすでに五十歳を前にしている。

今、彼女が歩いている道は、つるビルから三十分ほど東に行った、線路が分岐するターミナル駅に近いあたりだ。

よく行った名画座も、父の三回忌の年に閉館した。現在は店舗ビルになっている。映画は映画館ではなくレンタルしたものを自宅で見るように変わっても、雇われたらしい館長ががんばってマニア向きの掘り出しものの奇作佳作をかけてくれていたものだが。

（おもしろい人物だった）

いつもにこやかだったオーナー館長とちがい、雇われ館長は、券をもぎるとき客を見ない。無愛想というわけでなく、彼が思い入れのある映画をかけるときは、場面や俳優について客に感想を聞いてきたり、言ったりした。言い終わると、さささと去った。タルコフスキーの映画をかけていたとき、「ソ連軍がプラハに侵攻した日が誕生日です」という妙な自己紹介を、イクではないが、ほかの客にしていた。

（名前くらい聞いておけばよかったかな）

閉館をしらせる貼り紙を見たときはすでに映画館は解体されていた。

すこんと更地になった名画座跡を思い出す。

と、膝が震えだした。雇われ館長の名前を訊かなかったことがとりかえしのつかない失敗に感じられたのだ。ガクガクと周囲にも音が聞こえそうに関節が動く。

深呼吸をくりかえす。今日の朝早くに診察を受けたとき、「症状が出たら、まずは深呼吸をしてみましょう」と医師から言われた。だがその深呼吸がうまくできない。

（なにをやってもへただ……）

深呼吸すらできないとそんな気になる。医師は「自分の得意なことを思い出してみてください。履歴書に書くような特技じゃなくていいんです。小さな子供のころにお父さんやお母さんから褒めてもらって無邪気にうれしかったことがあるでしょう。そんなことを順

めて額に滲んでくれたなら周囲の人の気分も害さずにすむのだが、目だとどうしても「急に泣きだした」と見える。そばに居合わせた人はいやな気分になる。「おれが何かしたか？　してないだろ」「わたしが何かした？　してないでしょ」と。

　なぜ冷汗が出るのか、検査を受けても原因がわからない。卵巣は片方だけになったが月経もありホルモン値も高い。神経科へ行けと言われた。「きみも気をつけないとあの家の病気が伝染るぞ」と前住人に言われたことがふと頭をよぎり、つい医師に「神経の病気って伝染るんですか」と訊いてしまい、「非科学的な偏見だ」とたしなめられた。

「あの家」にいたビションフリーゼのベルクは、清香が息をひきとった数週間後に死んだ。犬の死因の多くを占めるフィラリヤを患っていた。「強い電流を通せば生き返る」と長女は言い、スーツケースにベルクの死骸を入れて、自身の入院している病院へ運んだが、そのあとどう処置したのかはわからない。

（すみません）

　冷汗は、申しわけなくて出る。あらゆる人やものごとに対し、申しわけなく感じる。何を申しわけなく感じるのかと医師から問われれば、たとえば一人子であるとか、靴のサイズが24だとか、東京に住んでいるとか、それだとかあれだとか、こまかに伝えられる。しかし、それやあれを、なぜ申しわけなく感じるのかわからない。

　ひっきりなしに目を拭かねばならず、めんどうくさいので眼鏡を外してウインドブレーカーの右ポケットに入れた。

「てくてく」

擬音を口にして、イクは公園に向かって歩いて行った。その公園には犬を連れている人が多く集まる。

（弓子はもう帰ったな）

シチズンの腕時計は十一時を過ぎていた。この時間だとアイリッシュセッターのチーズ、ピレニアンマウンテンドッグの白雪がよく来る。

公園にかぎらず、つるビルから徒歩三十分程度の半径には、イクが名前を知っている犬が何頭かいる。シェパードのシェーン、フラットコーテッドレトリーバーのブラッキー、オールドイングリッシュシープドッグのキャンディ、ワイマラナーのロッタ、等々。

見知らぬ通りすがりの人間に散歩を足止めされるのは煩わしかろう。そう思うと心臓が早鐘を打ったが、額の冷汗をごまかしながら話しかけ、名前を教えてもらったのだった。

名前を知ったからといって、なにをするわけでもない。公園や道で会えば、弓子だチーズだ白雪だシェーンだブラッキーだキャンディだロッタだと思い、ただながめるだけである。

犬は犬好きな人間がわかるというのは嘘である。犬が自分にマイナス感情を抱く人間をすみやかに察知するのは真実だが、こちらが犬を好きだからといって、必ずしもしっぽはふらない。

犬はきわめて社会的な動物である。かれらは父権を機軸に生活している。そばにいる犬を人間を、あらたに近づいてきた犬を人間を、自分の社会のどこに位置するか、たちどころにポジショニングする。かれの社会でナンバーワンである飼い主が受け容れた人間か否か、飼い主が好感を抱いた人間か否か、それを即座に見極め、差別する。

つまり、ほとんどの場合は、飼い主が抱いた感情が、飼い犬に反映するのである。ただの通りすがりであるイクに飼い主たちが好感を抱くことはめったにない。ただの通りすがりであっても、たちどころに好感を抱かせる人気者といったタイプがときどきいるが、イクはそうではない。むしろその反対であることを、「東京畜犬」がさかんにTVにCMを流していたころから、うすうす勘づいていた。学校でもそうだったし、会社でもそうだし、そもそも自分の家の中で人気がなかった。

飼い主たちから好感を得ていないイクを、犬が上位置にポジショニングするわけがない。よって、イクは犬がたいへん好きだが、たいていの犬はイクをそうは好かない。これが現実だ。

＊

公園に着いた。

右ポケットから眼鏡を出してかけた。シベリアンハスキーのジローがいる。

ジローは行き合う犬の中では、若いこともあって例外的にイクにフレンドリーに接してくれるやつだ。

「ジロー」

呼んだわけではない。ああジローがいるなとつぶやいたにすぎなかったのだが、ジローの身体が、全身を弓なりにするようにしてびくんと反った。人間の耳には聞き取りづらいイクの声質は、犬には聞き取りやすいのか、それともジローが二歳で「耳が達者」だからなのか、ジローは弓なりに反ったあと、体を反転させた。タフに橇を牽《ひ》く力持ちの大型犬がにわかに大きく動いたので、飼い主の手からリードがすべり抜けた。そのリードが地面から軽く浮くほど猛烈な勢いでジローはイクに向かってきた。

（来る）

飛びかかってくる。イクは、膝を曲げ、下腹部に力をこめて、ジローを受け止める準備をした。だが、十七歳のアメリカンフットボール部の男子が遠慮なく体重をかけてとびかかってくるようなものだ。イクは地面に押し倒された。

ワン。イクの肩に前肢をかけ、腿に後肢を乗せ、ジローはハッハッと息を顔に吹きかける。地面に仰臥したイクは、きゃっきゃっと笑っているようなジローの顔を見る。

かわいい。シベリアンハスキーという犬種はなぜこんなにかわいい顔をしているのだろう。しびれるようにかわいい。

が、うぬぼれてはいけない。ジローはイクになついているのではない。前に二、三度、ドッグジャーキーをやったのと、まだ二歳なのですべての人間や物に興味津々なのである。「またくれる？　ちょうだいちょうだい」という無邪気な打算である。

それでもイクはときめく。金満家のおやじが若い娘にしなだれかかられ、彼女のすりよりは金品目当てだとわかりつつ、鼻の下をのばすのと同じだ。

「よし、よし、ジロー」

イクがジローの太い首をぽんと叩こうとしたとき、叩く前にかれは突然、イクから離れた。ぷいっと。

身を起こしてわかった。トイプードルが散歩に連れられてきたのだ。雌に相違ない。かつてのベルクのようにフリルのついた服を着せられた小型犬にジローがまとわりついているさまは、「ねえねえ、カノジョ、デートしようよ」としつこく言い寄るあんちゃんそのもので、せっかくのスタイリッシュな顔もだいなしだ。

「まあ、大きなハスキー、散歩がたいへんでしょう」

「いやあ、そんなことないっすよ」

ともにイクよりはずっと若い飼い主同士も、いいムードである。イクは、ジローの飼い主のほうに会釈をして公園から出た。冷汗はとまった。

息子ほど若い役者に入れあげて、つれなくふられる年増女の役どころのようではあったが、しょせんは通行人Aにすぎぬイクが受けるには過分な対応である。犬を見たり犬にふれたりすると、ふれた面——てのひらや腕の内側や頬や——から内側に向かって、ふくふくした気持ちが生えてくる。

＊＊＊

翌日の水曜。

天井を向いていた母の首が、イク側へわずかに曲がった。

「今日は四月十一日の水曜。今は昼の二時十分やわ」

おしえた。母の瞼《まぶた》が開いた。特別養護老人ホームで臥《ふ》している彼女の瞼が開くことはほとんどない。たまに開く。

「外はよう晴れてる」

声が聞こえないと、あらゆる場面であらゆる人から言われてきたので、広告のちらしを丸めてメガホンにし、声をはりあげる。

「桜がきれいやなあ」

顔をこちらに向けたまま母の瞼はまた閉じた。

「ちんおもうに　わがこうそこうそう　くにをはじむることこうえんに　とくをたつるこ

としんこうなり」

特養に入所した当初は、イクが教育勅語を読むと、母の口はつづきを小さく暗唱したが、今では反応しない。

「けんけんふくようして　みなそのとくを　いつにせんことを　こいねがう」

何度も大声で教育勅語を読み上げていると喉が痛くなってくる。広告ちらしのメガホンは捨て、声をはりあげるのはやめた。

「もうすぐサンナンさんが来てくれはるえ。そう言《ゆ》うてはった」

シチズンの腕時計を見る。サンナンさんとは元アプレの姫野のことである。優子の遠縁の馬車のおじさんには五人の子があり、元アプレの三男を、優子はずっとサンナンさんと呼んでいた。彼から、今日は鼎の命日でもあるので、墓参に代えて優子を見舞うとの旨の電話を、イクは午前中に寺で受けていた。

電話といえば、まだ携帯電話というものがなかったころ、母はよくイクの東京の住まいの留守番電話に「あんたの鼻も、あんたのお父さんの鼻も、鼻の奥に毒の膿《うみ》がたまる相や。私は肺病や」という吹き込みを残した。

そんな母が、父の死後に、それこそ「インベーダー」に乗っ取られたのではないかというほど人柄を変えた。ほがらかになり、市民大学に入学し、年下年上同年の同級生と活発に交遊し、姫野親子に「うちの主人は立派な人どした。わたしにもほんにやさしゅうしてくれました」などと言う。父が他界したのはイクが三十五歳の時であるが、父の死後五年はベル・エポックだった。異性とのめぐり逢いもこの時期に、イクに僥く降った。

だが奇異なほどの変身は、身体に何らかの異常をきたしていた兆しであったのかもしれない。母はパーキンソン病を発症した。

＊

「イクちゃん、ごきげんさん」

姫野が引き戸を開けた。

「わざわざ、ありがとうございます」

イクは紙コップにペットボトルの茶をついで出した。

「毎週毎週、東京から帰って来るのんはたいへんやなあ」

「まあなあ、そやけどなあ……」

母を東京の施設に移さなかったのは、長時間の新幹線移動は危険だと医師からストップがかかったのが第一の理由である。加えて区の介護福祉士の助言からである。「お母さんを東京へ移すのはあなたの自己満足です」と彼は言った。「動けず、意識は朦朧として、ただ感覚だけが残っているんですよ。そんな状態の人が頼りにするのは、感触や声や、あたりの空気です。お母さんは東京に移っても娘のそばにいるのだとは理解できません。それなのに、朝昼晩と慣れない東京のことばが聞こえてくる。それがどんなに不安か想像できないんですか」。

親身の助言だと思った。家系をたぐればともかく、大正時代に琵琶湖のほとりに生まれた母は、京滋《けいし》から一歩も出たことがない。イクがうっかり標準語を口にすると露骨に不愉快な顔をしたものだ。

「女は結婚したら辛いだけや」と、食前に「いただきます」と言うがごとく唱えていた母が、辛い結婚をする前にのびのびと暮らした実家のそば、湖畔の特養を、イクはさがした。それがここだった。

「……しょうがないわ。吉本の芸人さんかて、大阪と東京をいっつも往復してはるやんか」

「まあなあ……。しょうがないことが、人生にはぎょうさんあるわなあ」

「ほんまやなあ」

鼎と優子はララミーハウスに住むようになる前は同居していなかった。紫口市管轄の四畳半一間の鼎の住まいに優子が週末に通ってきていた。「そのときに二回だけあって、あとにもさきにも夫婦関係はそれだけでした」と、変身していた優子は、姫野親子にほがらかに告白したそうである。

ならば「鼻に毒の膿がたまる」というのは、今から思えば、梅毒のイメージではなかったか。自分にも相手にも罹病歴がないにもかかわらず、性病の代表であるその病気のイメージで夫の容貌や夫の容貌に似た子のそれを誹謗《ひぼう》するのは、優子の心の奥のほらあなにある肉欲の、歪《いびつ》なひからびによるものではなかったか。

「イクちゃん、今日はな、こんなん作ってきたんや」

プラスチックのファイルを、姫野は鞄から取り出した。写真店で働く彼は、父を訪ねて来るとよく写真を撮った。ファイルされた写真はみな、すでにイクの家にあったものではあるが、姫野は数枚を拡大カラーコピーしてくれていた。

「お母さん、サンナンさんが、こんななつかしいもんを作ってきてくれはったわ」

ファイルを母の顔の前でひろげる。母の瞼が開き、また閉じる。

「これは、わしが撮ったんとちがう。だれが撮ったんやろ。せんせ《先生》は膝しか写ったらへんけど、イクちゃんまで咬みよった怖い犬のほうは、焦点がばっちり合《お》うてよう写ったるさかいおもしろうて、松茸のすき焼きをよばれさせてもろた記念に焼き増ししてもろて、持ってたんや」

「ああ、この写真」

トンが大写しになった写真だ。

「こん犬には、お父《とう》もズボンをびりびりに破られよったで」

姫野のお父である馬車のおじさんは、母が特養に入るまで元気だった。

「前の家には三毛猫もいよったやろ。いま空き家になったる粋《スイ》な家より、前のボロい家のほうが、何回も遊びに寄せてもろたさかい、あの三毛猫はようおぼえてるわ。イクちゃんがまだ小さかったさかい、イクちゃんが抱いてるとえらい大きい猫に見えたもんや」

「シャアて言《ゆ》うたん。北京語で『西』ていう意味やて、私がもっと大きいなってから馬車のおじさんがおしえてくれはった。シャアの写真、撮っといたらよかった」

慕った姉やの写真は一枚もない。そして、

「ぺーの写真もないわ」

弟ぶんのように連れまわしていたのに。

「あのころはまだ写真て言《ゆ》うたら、そんなにしょっちゅう撮るもんやなかったさかいな」

昭和も末期になるまで、写真は旅行や記念日といった特別な時にのみ撮るものであった。飼い猫や犬といっしょにいる、なんの変哲もない日常などを撮ることなど、写真マニアでもないかぎりなかった。

「トンナンシャアペーのうち、あるのんはトンだけか。あかん牌《ぱい》やな」

麻雀にたとえた姫野は、次にイクの写った写真を指した。

「こいつは、なんちゅう名前やったかいな。おれが撮ったこいつ……」

中学校の制服を着たイクはノグチハウスの入り口の階段にすわり、太った犬を抱いている。

「この写真をおれが撮ったんはようおぼえてるねん。そやけど、こいつのことはようおぼえてへんわ」

「これはマントウ」

マントウはペーの子である。まるまるとして白く、ふかしたての肉饅のようだったので名づけた仔犬は、イクに抱きついてしっぽと尻を向けている。

「そういえばマントウの写真も、顔が写ったるのはあらへんね」

「なんで、おれ、こいつの印象が薄いんやろ」

「四年くらいしかおらへんかったさかいちがうかな。早《は》よう死によったんや」

香良の道の多くがアスファルト舗装されたころ、父は運転免許を取得した。それを父の年齢で取得するのは珍しいことだったが、車通勤は香良でも珍しくはなくなっていた。ノグチハウスはもう田んぼの中の一軒家ではなく、門の前の道を、車が昼夜通るようになっていた。

にもかかわらず、マントウは、父の日産車の音を聞き分けた。夕方にマントウが吠える。するとぴったり一分後に父の車が家の前でとまった。

父が出勤前にエンジンをふかせると、車の後でワンワンワンと三度吠え、父が車に乗って去ってゆくまで見送った。それがよくなかった。

道路に車が増えた時代になると、飼い犬は常に繋留《けいりゅう》せよと厳しく達せられた。番犬でもあったマントウは、駐車場のわきに繋がれていた。「こんなに早《は》よう死んでしまいよったのは排気ガスのせいやないか。気の毒なことをした」と、父はマントウの死骸を、長くテラスで抱いていた。

「あ、そや。それ、お父《とう》が埋めることになってたんや。犬の穴を掘るて言《ゆ》うとったの思い出した」

「そうなん？　それは知らんかった」

「そや。犬を埋めに行くんやて言うとったんやけど、なんかで行けへんようになったんや」

マントウは馬車のおじさんではなく、久村達司が埋めた。

マントウが死んだことにも、死因についての父の推量にもイクはおどろき、中学校からもどったセーラー服のまま、駐車場で、空になった鎖と首輪をぼんやりと見ていた。そこに久村達司と雪乃が通りかかった。「マントウが死んだん」とイクは雪乃に言った。達司は父のいるテラスまで来て、「かわいそうなことで」と納屋のシャベルで庭の隅に穴を掘り、マントウを埋めてくれた。

「マントウを埋めたそこな、そのあと毎年、毎年、スノーフレークが咲くようになったん。たんにどっかから種が散ってきただけなんやろけど、このはなしするとな、ええはなしやなて言わはる人と、なんや怖いはなしやわあと言わはる人と、二つに分かれる。姫野さんはどっち？」

「ええはなしや。ええはなしというのは、だいたい、どこか怖いもんや」

「哲学的やなあ」

「写真見てると哲学的な気持ちになることようあるで。写ったるもんは、みんな今のことはちがうやろ。ちゃんと写ったるのに、もう遠いとこにいってしもたんにゃ。写真はみんな遠いとこにいよる幽霊や」

ペーとシャアを撮らなかったのは、かえってよかったのかもしれないと写真屋らしからぬことを言う。

「そのほうが、生きていつまでも近いこっちにいてくれよるやんか」

「そうかなあ」

「そやて」

イクは馬車のおじさんの写真を見た。香良駅の待合室で撮った。姫野、優子、イクの三人が、渋谷も浦安も同じ東京だと錯覚して会計士を訪ねることになったとき、駅まで見送りに来てくれたのだ。

「これ、愛用させてもろてるえ」

馬車のおじさんの形見になってしまったシチズンの腕時計を、イクは姫野にかざす。

さいしょ息子である姫野がはめていたのを「買《こ》うたばっかりの新品やろ、大学の入学祝いに、これ嬢ちゃんにやれ」と言って、ほとんどむりやりはずさせ、「おまはんはまたアキハバラで買《こ》うたらええがな」とイクの腕にはめたのだった。アキハバラという場所にさえ行けばあらゆる物品が安く買えるのだと思っているようだった。

「馬車のおじさんみたいな幸運を招くやろと思《お》もてはめてるのん。夫婦仲がよかったし、それに……」

　おじさんは、妻とともに九十になってもそろって元気でぴんぴんしていた。ある朝、朝餉の支度ができても起きてこないので妻が起こしに行くと、眠るように亡くなっていた。翌朝にはその妻も同じように夫の後を追った。奇跡といえる幸せな逝き方である。

「それはな、お父《とう》もお母《かあ》も、何《な》んも考えんと生きとったからや」

　姫野は謙遜し、照れて、

「幸運ていうたら、この犬な、ラッキーていうたな、たしか」

　別の写真を指した。父と、かなり大きな強面《こわもて》の犬とが写った一枚だ。

「うん、ラッキーや。うちの家で最後に飼《こ》うた犬や。ようおぼえててくれはるなあ」

「西郷隆盛やないけど、せんせ《先生》ゆうたら、犬を連れてはったさかいな」

「それを見込まれたのか、もろてくれはらへんやろかて近所の人に頼まれてしもて、もう成犬になっとるのをひきとったん」

　ラッキーという名前は父やイクがつけたのではなく、前の飼い主がつけていた。「シェパードと秋田犬と狆《ちん》のミックスです」とのことだった。「もろてくれはらへんやろか」と言ってきたのは、一流の名犬を「東京畜犬」に返品した大河内医院。「大阪に住んでる弟の家で飼《こ》うてましたんやけど事情が悪うなって飼えへんようになりましたんどすわ。柏木さんは犬がお好きやし、もろてくれはらへんやろか」と。どういう事情であったか、そのときも今もはっきりしない。

ラフコリーの名犬に手をあました姉一家のように、弟一家も一流のミックスに手をあましていたのは確かだ。なぜなら、父がひきとってわずかワンシーズンののち、姉一家を訪ねた弟一家が、ついでにイクの家にラッキーを見にくると、その家の父・息子がそばによるなり、元飼い犬はいきなり二人にはげしく吠え、おどろいた元飼い主たちが後退りしても、口吻にうねうねと皺をよせてウウーッ、ウウーッと唸ったからである。

当然ながら、鼎には初対面からでれでれだった。イクには初日は吠えたが、翌日から吠えなくなった。犬の習性や扱い方を、父からそれとなく体得したこともあるが、それよりイクが高校生だったからだろう。いかにして家から脱出するかに頭がいっぱいで、ラッキーにはそっけなかったのだ。イクの胸の上でおすわりをしていたシャム猫しかり、ひいては人間も、自分につれない相手にかえって惹かれたり、惹かれるとまではいかずとも、何ら手出ししなくなるケースがときどきある。

「大学の寮に入るような学生は卑しい」と不可思議な怒りでイクを怒鳴りつけた父の横で、父の怒鳴り声に加勢するかのように、父とそっくりの顔つきになって、ぎゃんぎゃん吠え立てたのが、このラッキーである。

十年後、父の最初の入院のとき、夜中に吠え続けた。近所に迷惑がかからぬよう『小さき祈り』の絵皿のかかった玄関に入れ、父の枕カバーをそばに置いてやると、吠えるのはやめ、そして未明に死んでいた。

「へえ、ふしぎなことがあるもんやなあ。犬と飼い主のそういうはなしはときどき聞いたことあるけど、ほんまなんやなあ」

そのとき、母の口が動いた。

イクも姫野もがばと椅子から立ち上がり、耳を口に近寄せた。

「ぺー」

……と言ったように聞こえた。だが犬のはなしをしていたからそう聞こえただけのような気もする。よくわからない。ただ、顔には明るい笑みが浮かんでいる。

もし「ぺー」と言ったのだとしたら、それはきっと初代ぺーのことだ。父と同居する前、父の住まいを訪ねた母は銭湯に行った。脱衣所でわーっと声がした。ふりかえるとぺーが母の足下で、母を見上げている。

「まあ、あんた、ついて来たんか。ここはお風呂場やさかいな、あんたは入《はい》れへんのや。暖簾《のれん》のかかった戸の外で待ってて」と、人間の子供に言ってきかせるように母は言った。動物を飼ったことのなかった彼女は、そう言いさえすれば犬にも通じると思っていた。犬は人間の子供ではない。そこまで言語能力はない。ところが、きわめて聡明な犬だった初代ペーは、言われたとおり、とっとと脱衣所から出て、女湯の引き戸の前でおっちん〈おすわり〉して母を待っていた。

「このはなし、小さいころ、何回も聞かされたん」

姫野にペーの逸話をしてから、イクは広告ちらしをメガホンにして大きな声を出した。

「な、お母さん、ペーはお風呂屋さんまでお母さんについてきよったんやもんな」

母は女湯の客から「すごい」「なんちゅう良い犬を飼《こ》うてはるんや」とやんやの称賛を受けたという。

言ったことを理解したのかどうかは不明だが、母の顔には笑みが残ったままである。瞼を閉じたのはしばらくしてからだ。そのあとは夕方までずっと閉じていた。姫野は途中で帰った。

翌日木曜の昼は叔父の病院に行き、東京にもどったのは夜である。

＊＊＊

金曜の午前中。

病院に着くまでにすでに冷汗が出ているのはわかっていた。医師の質問に答えているうち、腋下から額から目から鼻から、まさしく噴出するように出てきた。

「すこし横になりましょう」

医師は言い、イクを診察室の隣の、ピンクの壁紙の小部屋に連れてゆくなり、腕に注射をした。パタッとピンクが消えた。

変電所の夢を見た。

複雑なすじの夢だった。目を開けると、複雑なすじだったという感想だけがあって、中身をおぼえていない。

「気がついた？　ゆっくり起き上がって」

看護師が入ってきてポカリスエットをくれた。会計時には代金をとられていた。

一時十五分。

自宅最寄駅の改札を出たイクのシチズンの腕時計が指している。この時計をしたほうの手に、医師は注射をした。

（なにを注射したのだろう）

ＴＶのサスペンスドラマに出てくる人物のように、アアッと意識がなくなった。よほど強い薬を注射されたのか、それとも冷汗が噴出する状態が血圧を急上昇させ、その状態が過ぎると急低下して、意識が遠くなるのだろうか。

「日中は外出するとか、明るい場所で過ごすように」

注射をした医師が言っていた。イクはつるビルとは反対のほうに歩いていった。

遊歩道に出た。

向こうのほうに犬がいる。

犬ではないかもしれない。二輪鞄を引っぱっているのが、犬に見えるのかもしれない。

目の汗を拭くのにめんどうな眼鏡をはずしているのでよく見えない。

（犬なのか、キャリーバッグなのか、どっちだろう）

歩を速める。

十メートルほど手前まで追いつき、眼鏡をかけた。

（犬だ）

被毛が風に吹かれているから、柴犬や紀州犬といった純血の日本犬のような剛い短毛種ではない。

また五メートルほど追いつく。

犬は五メートルほど先をトコトコとのんきそうに歩いている。

被毛はさらさらと吹かれてはいない。もさもさ動いている。日本犬と洋犬の雑種によくある被毛の長さ。色はきな粉をまぶしたパンのような淡茶。

すぐうしろまで近づいた。

「ペー」

思わず呼んだ。息を呑んで叫んだため、声にならなかった。

中型の雑種は、ぺーにそっくりだった。短い耳介が半垂れしているところまで。

そいつはお爺《じい》さんに連れられていた。

(久村さんは今、何歳くらいだろう?)

犬を連れているおじいさんは久村達司ではないのか。一瞬思う。

(そんな偶然はそうそうない)

一瞬ののちに思う。

(久村さん、今、どうしてはるんやろ)

久村達司と美しい夫人の雪乃は、やさしい近隣者であった。マントウを埋めてくれた日からしばらくして達司の兄の住む町に越し、交流がとだえた。

「久村さん」

イクの口から声が出た。

お爺さんではなく、犬がふりむいた。

目が合った。

(描いた。何度も)

小学生のイクが無地のショウワノートに何度も描いた、那智黒飴のようなぺーの目が髣髴とよみがえる。

目が合ったそいつはイクに寄ってきた。

イクはすぐにしゃがんでなでた。そんなことを、ふだんはしない。

犬は知能が高く、情感もゆたかな動物である。見知らぬ者にいきなり自分の体をさわられれば不愉快だと感じる。だからふだんのイクは、まず飼い主に挨拶をし、飼い主としゃべり、自分が飼い主に許された人間であることを犬に示したあとに、さわってもよいかと尋ね、許可を得たら、はじめてなでる。

なのに、今日にかぎっていきなり無礼なふるまいをした。

そいつはちっともいやがらなかった。豆乳がこぼれて湿ったままの藁の臭いがする。外で飼われている犬の匂いだ。

リードがつっぱったので、お爺さんがふりかえった。

「こんにちは。かわいいですね」

飼い主に無難な挨拶をする。

「日本犬と洋犬がまじってるんでしょうか？」

「え？」

お爺さんは耳に手を当てる。

「日本犬と洋犬がまじってるんでしょうか？」

「え？」

また耳に手を当てる。

イクは、カーゴパンツの側面ポケットに丸めて入れていたフリーペーパーをメガホンにして、お爺さんの耳に近づけ、同じことを言った。

「まじっている……。ああ、はい。雑種です。雑種の雌です」

「何歳ですか？」

フリーペーパーに口を寄せて訊く。

「七歳……いや、八歳になりましたかね……」

八歳の犬は、人間なら四十八、九である。

「でも動作が若々しいですね」

ペーに似た犬は、ぜい肉もついておらず、毛もしっかりしてつやがある。

「そっくりの犬を飼ってたんです」

「え？」

お爺さんは相当に耳が遠いらしい。

「そっくりの、犬を、飼ってた」

一語一語を区切って言ったが、

「ああ、はい。あなたも犬を飼ってらっしゃる」

正確に聞き取ってもらえない。

犬のほうはイクの膝に顔の片側を寄せ、口をわずかに開けてなでられている。

「なんという名前なんですか？」

片手で犬をなで、片手でフリーペーパーを口にあてて訊く。

「マロンです」

「ははあ」

きっと被毛の色からつけたのだ。ブラウンほど濃い茶色ではなく、ベージュまで白っぽくはない。ならマロンはどうかしらと。

（すなおなネーミング）

われしらずイクがほほえむと、マロンは耳をクイッと動かした。犬は嗅覚のみで人間を識別しているというのはまちがいである。むろん嗅覚識別や、食べ物をくれるかくれないかのみの分類しかしない犬もよくいるが、聡明な犬は、人間の顔や髪形や服装をよく見ている。マロンはイクの顔にあらわれた笑みをちゃんと認めたのである。

「マロン」

イクはマロンの目を見て、名を呼んだ。半垂れ耳がクイッと動く。その耳のうしろを、イクはゆびの腹にやや力を入れて、リズミカルになでてやる。鼻にかかった声があがり、しっぽがぱたぱたぱたする。

（ジローとはちがう……）

イクの視線やゆびの動きに、マロンは濃《こま》やかに反応する。首もなでてやる。ゆるく締めた首輪がまわる。「マロン」と書かれた部分が被毛のあいだに見え隠れしたから、

「ほんとだ、首輪に名前が書いてありますね」

お爺さんに言ったが聞こえなかった。

「お引き止めしてしまってすみません」

立ち上がってお爺さんにお辞儀をした。もっとマロンのそばにいたいが、通りすがりがいつまでも足止めさせては迷惑だ。マロンのほうを見ないようにして走って去った。

そのため汗をかいたが、視界をにじませていた目からの冷汗がずっと止まっていた。つるビルにもどって気づいた。

＊

翌日も一時過ぎに遊歩道に行ってみた。ずいぶんのあいだ遊歩道を行ったり来たりしたがマロンとお爺さんには会えなかった。

翌日も同じことをした。その翌日も、その翌日も。会えなかった。ワイマラナーのロッタには会った、もとい見かけた。

（そうそう偶然はおこらないものだ）

自分で自分をなだめたが、お爺さんの年齢なら規則正しく暮らしている確率は高い。会った日が例外の行動をしたのかもしれない。

（あの日はイベントがあったみたいだし）

あの遊歩道はターミナル駅につづく。現在はマツモトキヨシが入っている元名画座のビルが、タレントを招いてイベントを開催したらしい。イベント目的ではなく、それにともなうにぎわいにひかれて遊歩道には人が大勢いたから、お爺さんもその一人だったのかもしれない。

「神様……」

つるビル406号室の窓辺でイクは両手を合わせた。ノグチハウスの玄関の『小さき祈り』の前でしたように。

母が特養に入所後、ノグチハウスは空き家になっている。ずいぶんの物を処分した。専門業者とともに作業したのだが、あの絵皿は手違いで捨てられてしまった。仕事をしながら滋賀行きの日を作り、滋賀では複数の病院や市役所に行き、次々と用事をこなしていかねばならず、急き立てられるように動いていた作業中での手違いだった。

むかし『小さき祈り』の前でサムエルを倣《なら》って祈るときはいつも、組んだ手は幼い悲痛に震えていた。

「またマロンに会えますように」

だが今日は、手についたマロンの体臭から、マロンの体温や被毛の愛らしさがてのひらの皮膚によみがえり、祈るというより、たのしいまじないのようだ。

この日よりイクは、つるビル406号室から出るたび「マロンに会えますように」と祈った。すぐには叶わなかったが、ジローにせよロッタにせよ、近所の犬であるかぎりよく会うのだから、胸に灯《あかり》がともった。

「明日は会える」

希望であった。

＊＊＊

十日ほど後。

特養の部屋で、母は一度だけ瞼を開けた。

「なあ、今な、ぺーのことを……。あ、お風呂屋さんについて来よった初代ぺーとちがうで。私が仲良うしてたほうのぺーのことを考えてたんやけどな。あいつはいつもどこで産んどったんやろ」

健康な雌犬だったぺーは何度か身《み》篭《ご》もった。繋留を常とせず飼っていたが、妊娠中はとくにぺーの体がらくなようにと鎖をつけなかった。月が満ちるとぺーは必ずノグチハウスから二、三日ほどいなくなり、スリムになってもどってきた。

「今から思うとへんなやつやな」

ペーとは反対に猫のシャアは父や母がいるところでくつろいで分娩したというが、これまた猫としては変わっている。

「私はペーといつもいっしょにいたような気がしてたけど、いっしょやない時間もけっこうあったんやなあ」

父母子の三人は、朝早くに家を出る。もどってくるのはイクが最初だが、それでも小四以降は学校が終わるのは三時を過ぎる。ペーは家人の留守中に恋をしていたのだろうか。妊娠中でない時もたまに「外泊」をした。

「ペーが告白手記を出してたら売れたかもや……」

中型犬がキーボードの前にすわってものを書いているすがたを空想した。

「もしかしたら香良には、ペーに別の名をつけて飼うてた人がいはったかもしれへん」

そうも空想した。

「ペーが死んだとこは見いひんかったんやもん……」

ペーが何度目かの妊娠をしたとき、「今度くらい一匹をうちで飼おう」と父はペーを繫いだ。マントウは、ペーが唯一ノグチハウスで分娩した三匹の仔犬のうちの一匹である。あとの二匹はもらわれていった。だからある一時期は、ペーとマントウ、母・息子二頭の犬を飼っていたのだが、ある日、ペーがいなくなった。

それを父もイクもさして心配しなかった。ペーについては、ときに二、三日家をあける犬、という感覚があったからである。

ところが四日たっても帰らない。イクは学校からもどると自転車で町のあちこちの路地を漕いだ。「ぺー」「ぺー」と、客人が土産にくれた阪神タイガースのマークのついたプラスチックのメガホンを口に当てて。

だが、田んぼで雑木林で神社で、イクが「ぺー」と呼べば、たったったと、どこかから現れ、そばに来てはっはと息をしたぺーが、いかに声をはりあげ何度呼んでもすがたを現さない。

おりしもイクが中学に入学した年の六月で、小学校時代とちがい、はじめての定期試験期間であった。ぺーを気にしつつ、日が過ぎた。「明日は帰って来《き》よるやろ」と父は言い、イクも疑うことなくそう思い、日が過ぎた。

「明日は帰って来《き》よる」という思いは、はげしい痛みをともなうことなく、徐々に徐々に消えてゆき、そうしてぺーはいなくなったのである。

時間は不可視の細かな目盛りで経《た》っていった。母がれいによってれいのごとく、「今ごろぺーは赤いウインナーにされとるわ」と、まったく悪気なく笑うまで。

「お母さん、ぺーはほんまにかしこい犬やった。私、ぺーと仲よかったんやで」

イクが言うと、母の瞼が開き、おだやかな表情が顔に浮かんだ。「ぺー」という音が彼女を癒すのかもしれない。

ペーといるとき、イクはＴＶのホームドラマに出てくるような、お茶目な姉で、ペーは元気な弟だった（雌犬だったが）。小学生という、下校から夕食までのあいだの時間が凭《もた》れるほどたっぷりある時期において、姉弟はいつもいっしょに遊んだ。ベツレヘムの草原へも、アルプスの雪山へも、カナの婚礼式へも、二人は連れ立って旅した。

「すっなどーるものとせん、ひとびとは」

うたうと母の瞼はまた閉じた。

「この歌な、ようペーと歌《う》とたん。ペーときょうだいみたいに思《お》もてた。ペーといると大丈夫やった」

「漁る」「ものとせん」ということばの意味もわからずにイクは賛美歌をうたいながら、ペーに給食のパンの残りをちぎって与えたものだ。

子供なりにつらいことに遭い、まぶたにお湯がたまっているような感触がするとき、イクはペーをつれて田んぼのあぜ道に尻をおろした。二人羽織のように、ペーにかぶさり、ペーの右手を右手で、左手を左手で持って、「どーもすみません」と落語家の口真似をして、必要以上にカン高い声を出して頭をかいた。すると、干し草と豆乳を混ぜたような体臭を放つペーは、驚いたように、困ったように、小学生をふりかえり、中央にスジの入った舌を口から出して、イクの下まぶたが耐えられずに流したお湯のつたう頬を舐めてくれたものだ。

カナの婚礼　新約聖書「ヨハネによる福音書」二章
落語家　昭和四十年代前半、人気を博した林家三平。「どーもすみません」が口癖

「ペーは笑《わ》ろてくれよったことがあったんかなあ」

犬についての書物で、犬が笑うということをイクは読んでいた。漫画やカートゥーンに描かれるような、人間のそれを擬した笑顔ではない。どちらかというとみにくい顔つきになる。犬の顔の筋肉は、人間の顔ほど多様な動きをしないし、顔全体が被毛で覆われているから、威嚇もフレーメンも笑顔も酷似するのである。口吻に皺が寄り、歯や歯茎が口から見える顔になる。それでも笑顔は犬の全身からすぐに区別がつくという。被毛が逆立たず、なめらかになり、耳が後方に流れ、鼻にかかった啼き声を洩らして、相手に身をゆだねてくるのだそうだ。

ペーとマントウはもしかしたら、イクに笑ってくれたことがあったかもしれない。ベルクはどうだっただろう。さだかではない。犬の笑いについて読んだのは、つるビル406号室に住んでからである。

「犬が笑うとこを、一回、見てみたいもんやね」

母の瞼は夕方までずっと閉じていた。

五時になると、ヘルパーさんが部屋に夕食を持ってきてくれた。イクはパジャマの、胴体のあたりのホックをはずし、ズボンをわずかにずり下げて腹帯をはずした。臍《へそ》の上にボタンがある。パーキンソン病の進行した母はもう筋力が衰えて、嚥下《えんげ》できない。胃瘻《いろう》装置をとりつける手術が施され、食事は腹のボタンをはずして、そこにチューブの先をカチッとつけ、点滴の要領で上方から下方へ必要な栄養素が流動される。この間も母の瞼は閉じられたままであるが、やすらかな顔になるのが、訪れた甲斐である。

（お腹がふくれるさかいかなあ）

胃瘻チューブを伝ってゆく流動の滋養と、すやすやと初代ペーの夢でもみているようにやすらかに瞼を閉じている母親と、秒針を正確に回してゆく馬車のおじさんの形見のシチズンの腕時計。

（お腹がすくとかなしいなって、お腹がふくれるとうれしいなるもんなあ）

味もわからぬ胃瘻では一抹のうれしさかもしれないが、見栄も露悪も偽善も卑下も自責も怨恨も凌駕して、空腹が充たされると感情のベクトルは正方向に動く。それはしかし、それがしかし、生きているということであろう。

＊＊＊

つるビルを出たイクは『売地』を見つけた。そう書かれた立看板が柵に固定してある。

（あれ、ここ、何があったっけ？）

更地になると思い出せない。

（いつから更地になったのかな）

定刻に同じ道を駅に向かうという出勤をしばらくしていないので気づかなかった。草のみどりが、生命力を示威している。春なのだ。

（……）

春だと思ったとたんに、目から冷汗が溢れてきた。自分の無能力さに吐き気がした。申しわけない。何度も謝る。

眼鏡をはずし、タオルで目をぬぐい、金を貸してやるぞという宣伝の紙がはいったポケット・ティシューから一枚を抜いて洟をかむ。

陽春の草を前に、『売地』を針金で囲った杭《くい》のようにつっ立っていたイクは、だから脛《はぎ》を突かれるのに気づかなかった。

「これ」

脛の感触ではなく、人声にふりむいた。

目がお爺さんを認めるのと、脛に鼻先をつけているぺーにそっくりな犬を認めるのとは、ほぼ同時だった。

「マロン」

イクがしゃがむと、マロンはイクをじっと見た。犬や猫は容貌の欠点を口に出さない。イクは安心してマロンをじっと見た。

「人なつこいですね」

お爺さんに言う。

「え？」

お爺さんは耳に手をあてる。

イクは大きく肩を上下させ、一語一語を区切って発声しなおした。

「マロンは、人なつこい、ですね」

「いいえ、そんなには……。この犬はそんなには人なつこくありません」

「え、そうなの？」

うっかり同級生に対するような口ぶりで返してしまう。

「だって……」

なでるとマロンはしっぽをこんなにぱたぱたさせる。前後肢を交互に踏む。通りすがりの人間がまずされない、機嫌のよいときの犬の反応だ。

「おとなしい犬です。めったに吠えません。仔犬のころから、吠えたことはほとんどありません」

「へえ」

イクは『売地』の柵からはみだした草の上に尻をおろし、両てのひらを上にした。マロンは前肢をそこにぽんとのせた。

「おとなしいですが、こんなに人になつきません」

聞いて、イクの目から涙があふれた。これは冷汗ではない。涙である。ありがたかったのだ。

「ありがとう」

「はい、では」

イクのマロンへの謝意を、お爺さんは辞去だと受け取った。リードを引き、歩いて行った。マロンがふりかえるので、イクはふりきるように走って離れた。

遊歩道を逸れてからシチズンの腕時計で時間をたしかめた。八時十一分。

＊

高齢者は規則正しい暮らしをするはずだというイクの推理は正しかった。翌日の八時前に『売地』の前で待っていると、マロンが来た。ずいぶん向こうからすでにイクに気づいて、お爺さんをふうふう息切れさせながら引っぱってきた。

「前にお会いしたことがありましたでしょうか？」

マロンをなでるイクの上からお爺さんが訊く。

「あります」

「そうでしたか」

濃い老人斑がたくさん出ているが、いつもにこにこしているように見える顔だ。マトリョーシカに似ている。マトリョーシカを開けていって三つ目くらいに入っていそうな小柄な人だ。

「マロン、おはよう」

イクが背中をなでていると、マロンは道にひっくりかえり、腹を丸見せにした。犬が腹を見せるのは服従やリラックスや甘えであるが、多くの通勤者や自転車がせわしげに駅に向かう朝の道でこの姿勢をとったので、

「あれあれ、こんなところで」

イクの頭の上からお爺さんの声がした。

うす桃色のマロンの腹をなでて、イクは、

「あの、私は柏木と……」

名乗りかけた。お爺さんともっと話したいと思ったからである。この人にはどんな暮らしがあったのだろうかと。だがいったん開いたイクの口は閉じた。

(私に話しかけられてもな……)

気が引ける。

言いかけてやめたイクの膝を、マロンが左前肢で叩いた。イクの冷汗が傍目には泣いているように見えるのと同じで、マロンのこのしぐさも「そんなことないよ」とイクの躊躇いを犬が否定してくれたように見えるが、それは犬と人間を同視する誤りだ。

犬は、人間の持たない、あるいは人間が解明できない能力をたしかにもっている。だが、

今はただ、マロンはイクのなで方が疎《おろそ》かになったのが不満で、もっとしっかりなでろと催促しているのである。

それがイクには、躊躇いが雪のように溶けて消えるうれしい催促であった。

（そうだね、そうだね）

イクはマロンをなでた。マロンはまた腹を見せた。

「あの、私は柏木といいます。柏木イクという名前です」

「え？」

「柏木イクといいます」

「え？」

「私の名前は、柏木、イクです」

「え？」

「イー、クー」

「ああ、行く。わたしも行きます。はいはい、どうも」

お爺さんはマロンのリードをひいて歩きはじめた。しかたがない。また明日、ここで待っていよう。

「マロン、また明日」

イクは手をふった。マロンは何度も何度も、本当に何度もイクをふりかえり、連れられていった。

以来、毎朝、イクとマロンは『売地』前で会うようになった。

父の入院とラッキーの死を「ふしぎなことがあるもんや」と姫野は言っていたが、マロンに会うようになってイクの過剰発汗はおさまり、仕事にもどれた。閑職へまわされ給料も減ったが、そのぶん通勤時間も短くなり勤務時間は規則正しくなった。

「神様が願いを叶えてくださった」

本気でそう思った。

＊＊＊

毎朝の出勤途中のマロンとの逢瀬は、長いと十五分。たいていはその半分ほどだ。

お爺さんは、耳が遠いからというより、毎朝にイクと会うということが日課として取り込まれたため、いっそう話さなくなった。イクと会うと遊歩道のベンチにすわり、この通行人Aと飼い犬が挨拶をするのを待っている。

日曜。

休日の朝、早くに『売地』の前についたイクはベンチにすわり、マロンとお爺さんを待っていた。

ベンチを南とするなら、北が『売地』である。これからなにか建つようだ。基礎工事がはじまっている。東西に遊歩道がのびている。

夏の早朝に南にこしかけていたイクは、西の電信柱の陰で、ゴム紐のようなものが動いたのに気づいた。ぴろりと動き、引っ込み、鼠が顔を出した。するるるっと東に走ると、草の隙間から地面の下にもぐっていった。

（あそこに巣があるのかもしれない）

子供のころイクは、いまいましいねず公ばかりがいい目をするMGMのカートゥーンにいつも腹をたてていたが、あのねず公の部屋が映るとわくわくした。毎回映らない。たまに映る。たまらなく惹かれる部屋だった。必要最低限の物だけがコンパクトにそろったような部屋。明日、ちがう土地に移ることになってもリヤカー一つで運搬がすむような部屋。しがらみのない部屋。

（そんなふうに暮らしたいと私は願い、向かったのだろう）

求めよ、さらば与えられん。キリスト教徒にあらずとも知っている聖書の一句は、夢多き少年少女の励ましとなるが、少年少女がみな同じ夢は抱かない。人の「思い」は単一ではないのだ。

つるビル406号室にあるものを見、そこに住むイクを貧者だと感じる者は、イクとはまったく異質の夢を抱き、その実現に向かうであろう。向かってきたであろう。

（私は食パンは、はしっこのほうが本当に好きなのに）

職場の休憩時間に数人で食パンを食べたことがある。給食ではいつもまんなかを残して持ち帰りペーにやっていたイクは、同僚たちがまんなかの部分を好むことにおどろき、彼らはイクにおどろき、蜂蜜やツナマヨネーズを塗ったまんなかはすべて彼らが、薄く切り落とした耳だけをイクが食べていた。そこへ、にわかに入室してきた専務が、まんなかを食べている同僚たちを、むろん冗談まじりではあったが、叱った。気さくな人柄の専務に、同僚たちは経緯を言い、イクも言ったのだが、専務は「捨身《しゃしん》」「清廉」という語を持ち出してイクの頭を、じっさいにはなでなかったが、なでるしぐさをした。

（あのねず公みたいに、私はなかなかいい目をみてきた）

得意なものがないのに（株）バレを馘《くび》にもならず、つきたかった部署につけた。よその子である自分を預かってくれた人たちといい、馬車のおじさんといい、久村夫妻といい、同窓生、大家、同僚、数えきれぬ人に親切に世話してもらった。

獲得したものを数えるのではなく、彼らの厚情により、被《こうむ》らなくてすんだ不幸を数えれば、それは獲得したものとちがい目に見えないが、いっぱいいっぱいあるのではないか。

近いと大きくて摑めないが、遠いとぎゅっと摑める。

（年をとると、摑めることが増えるのがよい）

向こうのほうにマロンとお爺さんが見えた。小さい。すこし大きくなる。だいぶ大きくなる。もっと大きくなる。さらに大きくなる。大きな黒。マロンの目。マロンの鼻。

「おはよう、マロン」

会えるとうれしい。ただそれだけである。

お爺さんは、ふうふうと息を吐いてベンチにこしかけた。

（五十四分くらいだった気がする？）

お爺さんは自分の人生を感じているだろうか。ふりかえれば五十四分くらいだったような気がすると。

「マロンは何分くらいの気がする？」

イクは那智黒の目を見る。

「私はどうかな……。五十四分とは思わないな。やっぱり年齢のぶんだけの長さに思える」

自分はいい時代に生まれたと思う。昭和という時代には暗黒の時期があったのに、日当たりよく溌剌《はつらつ》とした時期を、子供として過ごした。ましてその昭和最良の時期にも翳りの部分はあったのに、その時期に子供でいることで翳りは知らず、最良の時期の最良の部分だけを、たらふく食べた。田んぼや畦道や空き地や校庭や野山や、それに琵琶湖のほとりの浜は、空想の中で変化自在の空間だった。正義と平和を、心から肌から信じられた。未来は希望と同意だった。

夏の朝。さして天気はよくなく、曇って、遊歩道脇にはゴミも多かった。が、マロンをなでていると、幼稚園を休んでシャアといっしょにいようとした朝のように、なにやらわくわくとした大仰な気分になり、

「今日まで、私の人生は恵まれていました」

大きな声で言った。

よほど大きな、よほど実感のある声だったのか、

「それはようございました」

耳の遠いお爺さんがすぐに答えたものだから、イクは大笑いした。

そのときである。

初めて犬の笑う顔を見た。

マロンの口吻に皺がより、上唇はまくれあがるように吊り上がり、上歯と歯茎が出ている。耳はしゅうっと後方に流れ、全身をくにゃくにゃにしてイクに抱きついてきて、イクが抱き返してなでた被毛は、耳同様、なめらかに後方に流れている。ヒェィンヒェィン。鼻にかかった声のような息のようなものをマロンは発した。

＊＊＊

こうしてマロンは、ただの通りすがりのイクになついた。とてもなついた。

毎朝の幸せな逢瀬。しんから滋養を与えられるようなひととき。

イクの身心を回復させたその逢瀬が、ある日、なかった。

ある日、会えずに「あれ？」と思い、次の日も「あれ？」と思い、次の日も思い、そうするうち深夜の電話を滋賀の病院から受けた。翌朝始発ののぞみでイクは滋賀に行き、しばらくそこにいた。葬式を出し、仏事諸事をすませたあと、つるビル406号室にもどった。

『売地』に店舗ビルが建ったのは翌年平成二十年の初冬である。

「そうか……」

ひととせは過ぎぬ前から、それを感じていたイクは、真新しいビルの前の遊歩道で、二人を待つことはない。お爺さんとマロンは、イクの母と、おそらく同じころに天に召されたのであろう。

＊

平成二十年十二月九日。火曜。

『売地』に建ったビルの一角に『ボルゾイの庭』という店ができた。ロシア原産の犬種を店名に入れて「サモワールと軽食」と説明のついた看板が出ている。犬を連れて入店できるのが売りらしく、客はみな犬連れだ。犬たちはみなチャラチャラした服を着せられている。

（ありゃ、ロッタまで）

ワイマラナーのロッタまで、フリルのついた服で、ミルクを飲んでいる。

（しょうがないね、道に吐き捨てられたガムがついたりするのを防ぐのに着せるんだよね）

犬の着衣の理由にはそれなりに同調し、イクが踵を返すと、後から呼びとめられた。

「あの、その……、前に、その……」

口ごもる彼の顔。知っている顔だ。

「松本清」

勝手につけた名前を口にした。れいによってれいのごとく、イクの声は名画座の元館長の耳を素通りした。

「えとですね……、ぼくは前に映画館で……」

「よく、おぼえて、います」

お爺さんにしゃべったときのように、大きく息を吸い、吐きながら一語一語を区切った。

「ふぁあ」

元館長はユーモラスな息を吐き、安心した顔をし、イクに姓名を告げた。松本清ではなかった。イクも名乗った。お爺さんとちがい、「もう行く」とは受け取られなかった。

「そうですか、柏木さんていうんですね。名前はずっと知らなかったけど、さっきから店を見てらして、すぐわかったんです。柏木さん、うちによく見に来てくれてたころと全然変わってないから。ほんとに」

漫才師のようなオーバーアクションで手を左右にふる。

「あの名画座がつぶれてからロシアに貧乏旅行に行って、帰ってきてからいろいろやって、今はここで働いています」

元館長は現店長になっていた。

「また雇われですけど、いずれ、ロシア映画の上映会なんかする計画を練ってますから。よかったらサモワール飲んでいってください」

そう言うと、彼こそ変わらず、さささと店にもどっていった。イクは店に入った。

そして、はじめて知った。ロシア語で「南」をなんというかを。

古書店ふうのインテリアの店内には、『見るロシア語の初歩』という大判の絵本があったのだ。「Юг（南）」は「ユーク」とカタカナで書いてあった。

（ユーク、行《ゆ》く、イク）

名づけたのは明治生まれの祖父だったというから、命名に父のおもわくはないだろう。

ただ、

（あの家には、東南西北《トンナンシャアペー》、そろっていたのか……）

とサモワールが冷めるまで見ていた。Ю гという模様のようなロシア文字を。壁紙の模様、ドアの鍵穴の形、ピストンポンプの錆具合、虫防ぎに窓に張った網を止めたピンの色等々、山辺のあのおんぼろの家をイクは録画したように克明におぼえている。

犬猫だけでなく小鳥兎鳩も、手品のように馴致《じゅんち》させた父を、だがしかし、かれらだけが癒せたのだろう。「あいやらしょ」が口癖だった母を慕い、銭湯の脱衣所までついてきたペーは、そののち何十年も彼女を得意にさせたのだろう。みな、いてくれてよかった。

＊

サモワールを飲み干すと、イクは駅前のスーパーマーケットに立ち寄ってから、つるビルへの帰途を歩いた。

(重いなあ)

ポリエチレン袋の中のミネラルウォーターと牛乳が重い。しかし、スーパーマーケットの袋をぶらさげて買い物から帰れるという日常。それがどうしたという日常。

(ありがとう)

イクは感謝するのである。

風が吹き、毛糸のマフラーが鼻先でもぞもぞ動く。

(マジックで書いてあったっけ)

黄色い首輪をつけていた。お爺さんが書いたのか、名前を首輪に書いてもらっていた。マロン。油性マジックの、ぶこつな大きな字。イクといっしょに笑ってくれた犬。

参考文献

『犬の行動と心理』　平岩米吉　築地書館
『犬の生態』　平岩米吉　築地書館
『狼　その生態と歴史』　平岩米吉　築地書館
『犬　エンサイクロペディア』
フィオレンツォ・フィオローネ・著／前川博司・翻訳監修　㈱みんと

ジョシュア・レイノルズ『小さき祈り』

初出

パピルス36号「あのころ、トンナンシャアペー」
パピルス37号「ワシントン広場の子供の時計」
パピルス38号「町で一番の美女（血統書付）」
パピルス39号「九官鳥と鼠」
パピルス40号「赤いソーセージ」
パピルス41号「ありがとう」
パピルス42号「私のようにチャラチャラした名前の犬」
パピルス43号「犬のライセンス」
パピルス44号「男子高校生を逆ナンする話」

以上の連載をもとに再構成し書きなおしたものです。

装　幀　オフィスキントン

写　真　gettyimages © Rhonda Venezia 2013, © R. Nelson 2013

イラスト　野ばら社『略画』より

昭和の犬

2013年 9 月 10 日　第 1 刷発行
2014年 1 月 20 日　第 3 刷発行

著　者　　姫野カオルコ

発行者　　見城 徹

発行所　　株式会社 幻冬舎
〒151-0051 東京都渋谷区千駄ヶ谷 4-9-7
電話　03-5411-6211（編集）
　　　03-5411-6222（営業）
振替　00120-8-767643

印刷・製本所　中央精版印刷株式会社

検印廃止

Printed in Japan
ISBN978-4-344-02446-5　C0093
幻冬舎ホームページアドレス　http://www.gentosha.co.jp/

この本に関するご意見・ご感想をメールでお寄せいただく場合は、comment@gentosha.co.jp まで。